Candida C. Stapf

WASSER-FÄLLE

Inhalt

Diese ganze beschaulich kitschige Urlaubsidylle von Strand und Wasser wird in diesen ganz und gar ungewöhnlichen und gruseligen Geschichten, die am und im Wasser spielen, zunichte gemacht. Mal ist es der langjährige Freund der Familie, der sich auf ein tödliches Techtelmechtel einlässt, mal die beste Freundin, die sich urplötzlich als intrigante Konkurrentin entpuppt!
Doch die Erkenntnis reift jedes Mal genauso überraschend wie viel zu spät für die Opfer: Die Falle ist längst zugeschnappt, und es gibt kein Entrinnen mehr. Vollkommen harmlos scheinende Tatbestände entwickeln sich – ganz leise und unauffällig –, um danach umso heftiger in einem gewaltigen Ausbruch an Emotionen zu explodieren.

Krimis im Gmeiner Verlag:
die mit dem besonderen Pfiff!

Candida C. Stapf, 1962 in München geboren. Nach einer angefangenen grafischen Ausbildung in Stuttgart und drei Jahren als Porzellanmalerin in Köln schloss sie 1986 als eine der ersten Auszubildenden in diesem Fach eine Lehre als Möbelschreinerin ab. Danach arbeitete sie als Display-Assistentin im Messebau, als selbständige Schauwerbegestalterin sowie als Hintergrundmalerin und Stilistin für Fotostudios. Zurzeit lebt Candida C. Stapf in Stuttgart, Köln und Südtirol.
Ihr besonderer Bezug zum Wasser inspirierte sie zu den vorliegenden Kurzgeschichten.

Candida C. Stapf

WASSER-
FÄLLE

Kurzgeschichten

KRIMI IM
GMEINER-VERLAG

Die Deutsche Bibliothek – CIP-Einheitsaufnahme

Stapf, Candida C.:
Wasserfälle / Candida C. Stapf. -
1. Aufl. - Meßkirch : Gmeiner, 2002
(Reihe Krimi im Gmeiner-Verlag)
ISBN 3-926633-56-5

http://www.gmeiner-verlag.de
eMail: info@gmeiner-verlag.de

1. Auflage 2002

Umschlaggestaltung: Heine und Eberle, Stuttgart
Gesetzt aus der 10/14 Punkt Stempel Garamond
Druck: Elsnerdruck GmbH, 10722 Berlin
Printed in Germany
ISBN 3-926633-56-5

*»Meinem Vater gewidmet,
der mir seine Liebe zum Wasser vererbt hat«*

Gedicht

Ans Haff nun fliegt die Möwe,
Und Dämmrung bricht herein;
Über die feuchten Watten
Spiegelt der Abendschein.

Graues Geflügel huschet
Neben dem Wasser her;
Wie Träume liegen die Inseln
Im Nebel auf dem Meer.

Ich hör des gärenden Schlammes
Geheimnisvollen Ton,
Einsames Vogelrufen –
So war es immer schon.

Noch einmal schauert leise
Und schweiget dann der Wind;
Vernehmlich werden die Stimmen,
die über der Tiefe sind.

Theodor Storm

Inhaltsverzeichnis

Die Meergeborene

»Können wir jetzt endlich mit dem Essen beginnen?« Dietrich Krüger schaute gereizt aus dem geöffneten Fenster des im typisch mallorcinischen Stil erbauten Steinhauses. Das Geräusch der Brandung drang bis in die Küche. Dieser grandiose Blick über das Meer war einer der Hauptgründe, weswegen sie sich vor zwei Jahren ausgerechnet für dieses Haus entschieden hatten. Dass auf eigene Kosten die Stromleitung gelegt werden musste und das Dach mehr als marode war, schreckte sie nicht ab. Dietrich Krüger, der als Industriedesigner eines schwäbischen Tochterunternehmens in Palma, der Hauptstadt Mallorcas, arbeitete, war in der glücklichen Lage, nicht auf jeden Cent schauen zu müssen.

Seine Frau Ruth deckte den Tisch für das Abendbrot. Die Sonne neigte sich zum Horizont, und schnell würde es stockdunkel werden. 19 Uhr – und Miri, ihre vierzehnjähriger Tochter, war noch immer nicht zu Hause. Krüger hasste Unpünktlichkeit. Er stand wartend am Fenster und trommelte ungeduldig mit den Fingern an den Fensterrahmen.

»Deine Tochter! Warum muss sie sich immer nur so lange herumtreiben und die Zeit vergessen? Du solltest sie wirklich zu mehr Disziplin erziehen. So kann aus ihr doch nie etwas werden.«

Sie küsste ihn auf die Stirn, wollte keinen Krach.

»Also hör mal, immerhin ist sie auch deine Tochter. Hast du das mal wieder vergessen, Schatz?«

In den letzten Monaten war Dietrich oft schlecht gelaunt aus Palma nach Hause gekommen. Die saloppe Einstellung der Inselbewohner in Sachen Pünktlichkeit und Zuverlässigkeit brachten ihn oft aus dem Konzept. Seine schwäbische Mentalität sowie die biedere pietistische Erziehung hatten tiefe Wurzeln in ihm geschlagen.

Er setzte sich an den antiken Holztisch, eines der vielen Schnäppchen, das sie auf dem Stuttgarter Flohmarkt erworben hatten, noch bevor sie nach Mallorca übergesiedelt waren. Beide Krügers liebten Antiquitäten.

»Was gibt's denn heute?«

»Dein Lieblingsgericht. Linsen mit Spätzle. Ich dachte, du freust dich sicher.«

»Nett von dir Schatz, dann lass uns anfangen. Sie wird schon noch auftauchen.«

Ruth häufte ihrem Mann eine große Portion auf den Teller.

»Und was ist mit dir? Machst du wieder Diät?« Er legte die Stirn in Falten.

»Ich hab' keinen Hunger.« Sie stand auf und ging zum Fenster. Der Himmel färbte sich bereits dunkelviolett. Ruth seufzte und setzte sich wieder.

»Schmeckt's denn? Spätzle schaben ist übrigens sehr anstrengend. Nur so ganz nebenbei bemerkt.«

»Danke, ich weiß deine Mühe wohl zu schätzen.«

Nervös stand sie wieder auf. »Wo Miri nur bleibt?«

»Jetzt mach dir mal keine Sorgen. Sicher ist sie bei dieser neuen Freundin, wie heißt die noch mal?«

»Du meinst bei Carmen Santos? So lange? Ich weiß nicht, ein bisschen mulmig ist mir schon.« Unruhig ging sie im Zimmer auf und ab.

»Liebling, was soll denn hier auf der Insel schon passieren? Deine Tochter ist nun mal unpünktlich! Aber wenn es dich beruhigt, fahr' ich nach dem Essen mal rüber. Zu blöd, dass die kein Telefon haben. Sind dir übrigens gut gelungen!«

Irritiert musterte sie ihn. »Was meinst du?«

»Die Spätzle! Wo bist du denn schon wieder mit deinen Gedanken?«

»Ich mach mir halt Sorgen.«

»Also gut, dann fahre ich eben gleich.«

Er erhob sich, griff nach seinem Jackett, stieg in den grünen Range-Rover und fuhr los. Die Santos wohnten rund einen Kilometer entfernt, im nächsten Ort. Von Ferne war das Bellen einiger Hunde zu hören, die sich über die Dörfer hinweg zu unterhalten schienen. Ansonsten herrschte die übliche abendliche Stille.

Ruth stand am Fenster und kaute nervös an ihren Fingernägeln. Da waren sie wieder, die alten Selbstvorwürfe. Vielleicht war es doch ein Fehler gewesen, hierher auf die Insel zu ziehen. Aber sie liebte das Wasser eben so sehr wie ihre Tochter, und mit dem Umzug war auch ein Traum in Erfüllung gegangen. Ihr Mann dagegen, der am Rande der Schwäbischen Alb in Kirchheim/Teck aufgewachsen war, zog die Berge dem Wasser bei weitem vor. Oft hatte er die beiden auf seine Wanderungen mitgeschleppt.

Aber seine Frau wollte lieber am Wasser leben.

Sie liebte das Wasser über alles. Sie schluckte jeden Tag acht Vitamintabletten aus Algen, Austern und Muschelkonzentraten, allein weil sie fest davon überzeugt war, dass alles, was mit Wasser zu tun hat, ihr gut tat. Dass sie wie ein Fisch schwamm, verstand sich von selbst. So magisch zog sie das Wasser an, dass Mutter und Tochter eine Wohnung am Bodensee nahmen. Wochenendehe! Dietrichs Job war nun mal in Stuttgart. Aber richtig glücklich wurden sie nicht. Der dauernde zähe Nebel, der ab Mitte September oft den ganzen See einhüllte, machte vor allem Miri Probleme. Sie bekam Asthmaanfälle, und die Ärzte rieten zu einem Umzug. Entweder ans Meer oder in die Berge. Als Dietrich dann dieser Job bei einer mallorcinischen Dependance seiner Firma angeboten wurde, stand der Entschluss sofort fest.

Sie zogen auf die Insel, in die Nähe des Capo Formentor. Miri wurde auf die deutsche Schule in Palma geschickt und fand schnell Anschluss. Morgens fuhr sie mit dem Schulbus, der die Kinder aus der Nachbarschaft abholte und freundete sich mit Antonio und Carmen an.

Inzwischen war es Nacht geworden. Ruth zündete sich eine weitere Zigarette an und starrte hinaus in die Dunkelheit. Miri liebte das Wasser genau wie sie, schwamm wie ein Fisch, erfreute sich an der Natur und hielt sich vorzugsweise zwischen den felsigen Hügeln und dem Meer auf. Stundenlang konnte sie sich alleine beschäftigen. Langweile kannte sie nicht. Dietrich regte sich oft darüber auf, dass seine Frau die Kleine wie eine Katze herumstreunen ließ. Eine Katze, auf die das Meer eine fast mystische Anziehungskraft ausübte. Dietrich konnte diese Leidenschaft seiner beiden Frauen nie ganz nachvollziehen.

Ruths Gedanken wanderten vierzehn Jahre zurück. Sie dachte an die Pazifikinsel, auf der sie mit Dietrich den ersten gemeinsamen Urlaub verbracht hatte. Ein Urlaub, der ihr Leben veränderte.

Sie zuckte zusammen, als das Licht des Autoscheinwerfers sie durch das Fenster traf. Hoffnungsvoll lief sie ihrem Mann entgegen.

»Da bist du ja endlich. Wo ist Miri?« Dietrich wirkte angespannt. »Ich weiß es nicht. Nach der Schule war sie noch bei Carmen, wollte dann aber mit Antonio Eudriges zum Schwimmen gehen. Carmens Mutter hat sie hingebracht. Das beste wird sein, wenn wir bei Antonio nachfragen. Lass uns gleich fahren. Ich begreife in hundert Jahren nicht, wie die alle noch ohne Telefon leben können.«

»Fahr' du alleine. Ich warte hier. Vielleicht kommt sie ja in der Zwischenzeit. Hoffentlich ist ihr beim

Schwimmen nichts passiert.« Ruth schauderte, wenn sie nur an diese Möglichkeit dachte.

»Denk' doch nicht gleich an das Schlimmste.« Er seufzte. »Manchmal wäre es mir lieber, wenn ich eine Tochter hätte, die nicht so eine Wassermacke hat. Eine, die gerne mit anderen Jugendlichen spielt und sich nicht ständig alleine da draußen am Wasser rumdrückt. Dass du ihr auch noch diese Schwimmflossen hast schenken müssen!«

»Schatz, lass das jetzt, fahr' bitte und komm mit Miri wieder.«

Krüger stieg erneut in seinen Rover, um sich auf den Weg zu machen, diesmal in die entgegengesetzte Richtung.

Ruth überlegte, ob sie nicht vielleicht schon die Polizei alarmieren sollte. Nur, was könnten die jetzt schon machen? Unwillkürlich hatte sie das Bedürfnis, mit jemandem zu sprechen und griff zum Telefon. Ihr Bruder Paul lebte in Stuttgart und war Psychologe. Damals, während ihrer Schwangerschaft und auch nach der Entbindung, war sie bei ihm in Behandlung gewesen. Er hatte sie auf die Schwierigkeiten vorbereitet, die Miri auf Grund ihrer Behinderung haben könnte. Außerdem hatte er sie davor gewarnt ans Wasser zu ziehen! Vielleicht war sie also doch zu egoistisch gewesen?!

Paul ging nicht ans Telefon. Zäh flossen die Minuten dahin.

Nachdem fast eine Stunde vergangen war, hörte sie aus der Ferne das Motorengeräusch des Rovers.

Ihr Mann hatte Antonio und dessen Vater mitgebracht. Allen stand die Sorge ins Gesicht geschrieben. Krüger legte seinen Arm um Ruths Schulter.

»Antonio war mit ihr unterwegs. Komm, erzähl du meiner Frau, was du weißt.«

Antonio war drei Jahre älter als Miri. Sein Vater (ein Arbeitskollege von Dietrich) und Antonio selbst sprachen sehr gut Deutsch. Außerdem besuchten beide Kinder dieselbe Schule in Palma.

Antonio, ein sehr zurückhaltender, fast schüchterner Junge, schwieg. Sie schüttelte ihn leicht an der Schulter.

»Junge, sag' bitte was. Du weißt, wir machen uns große Sorgen.«

Stockend begann er zu sprechen. »Ja, wir waren an der Stelle, in der wir immer ins Wasser gehen. Sie wollte unbedingt bis zum Sonnenuntergang warten, um dann noch einmal rauszuschwimmen. Sie wissen doch, manchmal spinnt sie ein bisschen. Mir hat das zu lange gedauert, und ich bin dann so um sechs Uhr nach Hause gegangen. Ich kriege zu Hause nämlich Ärger, wenn ich nicht pünktlich zum Abendessen komme.«

»Und du hast sie alleine gelassen?« Ruth konnte es nicht fassen!

»Aber Frau Krüger, was hätte ich denn machen sollen? Sie wollte unbedingt noch da bleiben.« Antonio schaute hilfesuchend zu seinem Vater.

»Ist schon gut, Junge«, mischte Dietrich sich ein. »Ich glaube, das Beste wird sein, wenn du uns den Platz zeigst, an dem ihr immer schwimmen geht. Vielleicht ist Miri noch dort.«

Die vier machten sich auf den Weg, Antonio mit der Taschenlampe ging voran. Nach einer halben Stunde gelangten sie zu einem steilen Pfad, der hinunter zum Wasser führte, vorbei an einer alten Hütte, in der noch Licht brannte. Die Sterne schienen heller als gewöhnlich zu glitzern, und die Brandung tönte bedrohlicher als in anderen Nächten. Oder war es nur Einbildung?

Ruth stolperte mehrmals, Tränen verschleierten ihren Blick. Endlich, nach gut einer Stunde, blieb Antonio stehen und zeigte nach vorne.

»Hier ist es. Das ist unser Platz.« Er deutete auf ein kleines Plateau.

»Hier gehen wir immer ins Wasser und legen uns nach dem Schwimmen zum Ausruhen in die Sonne.« Sie leuchteten das Plateau ab. Zentimeter für Zentimeter. Nichts? Nur altes Bonbonpapier. Ruth setzte sich auf einen Felsvorsprung und wischte sich die Tränen aus dem Gesicht.

»Und wenn sie nun noch irgendwo da draußen ist?« Sie deutete auf das dunkle, unheimlich wirkende Meer, das vor ihnen lag.

»Schatz, sei vernünftig und sieh nicht gleich schwarz. Dass hier, soweit wir bei dem schlechten Licht sehen können, keine Kleidungsstücke von ihr herum liegen, spricht schon mal dafür, dass ihr beim Schwimmen nichts passiert ist. Also ist sie nicht im Wasser.» Krüger versuchte seine Frau zu beruhigen.

»Wir sind vorhin an dieser Hütte vorbeigekommen, in der Licht brannte, erinnerst du dich? Vielleicht haben die ja etwas gesehen.« Er wandte sich an Antonios Vater. »Wissen Sie, wer dort wohnt?« Der Gefragte nickte nachdenklich.

»Das ist die Hütte vom alten Juan. Ob der überhaupt noch etwas mitbekommt, bezweifle ich. Die meiste Zeit ist er betrunken, aber gehen wir ruhig zu ihm.«

Diesmal war es Eudriges, der die kleine Gruppe anführte. Im Haus brannte immer noch Licht. Er klopfte mehrmals an die Tür.

»Besser ich rede mit ihm, er spricht nur den Inseldialekt.« Erst nach einiger Zeit öffnete der Alte mürrisch die Tür.

»Hallo, Juan! Wir suchen Miri, ein deutsches Mädchen. Hast du sie heute unten auf dem Plateau gesehen?« Der Alte roch penetrant nach billigem Alkohol.

»Ich hab' heute gar nichts gesehen. Kenn' keine Miri.« Im Hintergrund erschien mit einer Flasche in der Hand sein halbwüchsiger Sohn Carlos. Eudriges fragte ihn etwas. Carlos machte einen verwirrten Eindruck. Es schien ihm erhebliche Mühe zu bereiten klar auf die Fragen zu antworten.

Krüger trommelte ungeduldig mit den Fingern gegen die Wand der Hütte.

»Was sagt er denn?»

»Er meint, dass er ihre Tochter heute Abend beobachtet hat. Sie sei sehr weit hinaus geschwommen. Irgendwann, nach einer Stunde ungefähr, kam sie aber wieder zurück und legte sich auf die Felsen.«

Carlos wandte sich mit einem subtilen Grinsen an Dietrich Krüger.

»Sie haben eine sehr schöne Tochter. Ich habe sie schon häufig beobachtet. Sie sollten gut auf sie aufpassen.« Er nahm einen großen Schluck aus der Flasche.

Eudriges wandte sich wieder an den Alten.

»Und Sie haben nichts gesehen?« Der verwahrloste Mann schüttelte den Kopf.

»Nichts.« Ruth Krüger zupfte Eudriges am Ärmel.

»Fragen Sie noch mal! Ich trau' ihm nicht.«

»Frau Krüger, das bringt nichts. Der ist doch total besoffen.« Doch Ruth ließ nicht locker.

»Ich kenne ihn vom Sehen. Er lief uns beim Einkaufen häufig über den Weg und starrte Miri schamlos hinterher.«

»Jetzt machen Sie sich nicht zu viele Gedanken. Der Bursche ist harmlos. Vielleicht ist ihre Tochter über Nacht bei einem Freund.«

»Meine Tochter hat keinen Freund, sie ist doch noch ein Kind», gab Krüger scharf zurück.

»Das glauben Sie. Väter wollen nie erkennen, wenn ihre Töchter zu Frauen werden. Meine Tochter wurde mit Sechzehn schwanger.« Eudriges seufzte.

»Das geht ruckzuck.« Dietrich wurde ärgerlich.

»Sie ist noch ein halbes Kind.« Ruth hatte ungeduldig den Disput verfolgt.

»Komm, lass uns gehen, das bringt doch nichts.« Sie zog ihren Mann zur Seite.

»Ihre Tochter kommt morgen sicher wieder.« Carlos schloss mit einem einfältigen Lächeln grußlos die Tür. Eudriges zuckte mit den Schultern.

»Auf das Gerede dürfen Sie nichts geben. Ein einfältiger Bursche. Der wollte sich nur wichtig machen. An ihrer Stelle würde ich bis morgen früh warten, vielleicht taucht sie wieder auf und alles war ganz harmlos. Falls nicht, verständigen sie auf jeden Fall die Polizei. Vielleicht ist Miri ja längst wieder zu Hause. Ich glaube, außer Warten können wir jetzt sowieso nichts tun. Seien Sie mir nicht böse, aber es ist schon spät und Antonio muss ins Bett. Komm' Junge.« Deprimiert schüttelte Krüger ihm die Hand. »Danke für ihre Hilfe. Soll ich Sie mit dem Auto heim fahren?«

» Nicht notwendig, danke. Gute Nacht.« Er drehte sich noch mal um.

»Übrigens: Einige Leute hier auf der Insel haben etwas gegen Deutsche, aber ich mag Sie und ihre Familie sehr gern. Adios.«

Und schon war er mit seinem Sohn in der Nacht verschwunden.

Auch die Krügers machten sich auf den beschwerlichen Weg nach Hause. Als Orientierungshilfe für Miri hatten sie sämtliche Lichter im Haus brennen lassen.

»Lieber Gott, mach dass sie da ist«, flüsterte Ruth leise. Als sie die Tür öffnete, empfand sie eine seltsame beklemmende Leere. Das Haus wirkte mit einem Mal sehr trostlos und fremd. Eine, unruhige sorgenvolle Nacht stand bevor!

Als der Morgen dämmerte, beschloss Krüger nach La Palma zu fahren, um eine Vermisstenanzeige aufzugeben. Seine Frau schlief noch tief und fest, nachdem sie, um sich zu beruhigen, mehrere Schlaftabletten genommen hatte. Erst zwei Stunden später schreckte sie hoch, als sie die durch die Stimme ihres Mannes geweckt wurde der sich mit zwei Polizisten unterhielt.

»Ist sie hier? Haben Sie meine Tochter gefunden?« Ihre Stimme klang verzweifelt.

»Beruhige dich.« Dietrich legte seinen Arm um sie.

»Die beiden«, er deutete auf die Polizisten, »haben ein paar Fragen an dich.«

»Ihr Mann hat eine Vermisstenanzeige aufgegeben. Wir hätten da aber noch einige Fragen, bevor wir mit der Suche beginnen können. Er erzählte uns, dass ihre Tochter ein etwas seltsames Merkmal hat. Diese ›Schwimmhäutchen‹ am linken Fuß? Wie würden Sie das beschreiben, Frau Krüger?« Sie blickte überrascht hoch zu ihrem Mann.

»Du hast ihnen davon erzählt?«

»Musste ich doch, als sie mich nach besonderen Kennzeichen gefragt haben. Deine Tochter, ich meine unsere Tochter, ist nun mal nicht wie andere Kinder.« Die Beamten sahen stirnrunzelnd fragend auf Ruth.

»Ist das eine Art Behinderung?«

»Wie können Sie nur so etwas sagen. Sie ist nicht behindert!« Ruth wurde wütend.

»Also Frau Krüger, wenn wir ihre Tochter finden sollen, müssen wir mehr wissen: Mit wem sie sich traf, ob sie einen Freund hat, ihre Eigenarten und all diese Dinge. Nur dann haben wir eine Chance, sie zu finden. Und das wollen Sie doch? Und jetzt erklären Sie uns bitte die Sache mit den Schwimmhäuten.«

»Wenn du es nicht erzählen willst, tu ich es.« Auch Dietrich war gereizt.

»Die Geschichte ist vierzehn Jahre her ...« Die Beamten schauten interessiert.

»Und was war vor vierzehn Jahren?«

»Damals verbrachten meine Frau und ich einen Urlaub auf Hawaii.« Einer der Beamten lächelte.

»Da wollte ich auch immer mal hin ... Entschuldigung, erzählen Sie weiter.«

»Wir gelangten nach einer Wanderung an eine wunderschöne Bucht. Die Sonne ging schon unter, und der Mond hing über dem Meer. Es war wie eine Theaterkulisse.«

»Dass du das alles noch so genau weißt.« Gerührt ergriff sie seine Hand. Er drückte sie zärtlich.

»Sie wollte unbedingt bei Vollmond schwimmen, Einheimische hatten uns zwar gewarnt. Aber sie hat, wie immer, ihren Kopf durchgesetzt. Sie hat einen

Wasserspleen. Sie musste ja unbedingt nackt ins Wasser gehen!«

»Und was geschah dann?« Die Polizisten schienen sich für die Einzelheiten wenig zu interessieren.

»Es war einer dieser Tage, an denen dort eine Art Aal laicht. Sie tun das nur bei Vollmond.« Krüger wurde ruppig unterbrochen.

»Jetzt kommen Sie aber mal zur Sache, wir haben nicht ewig Zeit.«

»Nun, diese Fische laichen nicht an Felsen oder in Algen, sondern im offenen Meer. Das bedeutet, dass die Eier dort wie Bakterien frei herum schwimmen,« fuhr Dietrich fort.

Die Polizisten warfen sich vielsagende Blicke zu.

»Wollen Sie etwa sagen, von diesen Fischen ist ihre Frau schwanger geworden? Und hat ein Fischkind zur Welt gebracht oder wie?«

»Wieder so ein durchgeknallter Deutscher«, flüsterte der eine leise seinem Kollegen zu.

»Ein paar Tage später sind wir nach Hause geflogen, nach Stuttgart.« Ruth erzählte nun weiter.

»Einige Wochen später wurde ich tatsächlich schwanger. Miri war eine Frühgeburt und kam schon nach sieben Monaten zur Welt. Wir waren so glücklich, dass es keine Komplikationen gab. Sie war ein richtiges Wunschkind.« Ruth fing zu weinen an.

»Mir kommt es vor wie gestern.« Sie wischte sich die Tränen weg.

»Die Ärzte machten mich nur auf eine Verwachsung an ihrem linken Fuß aufmerksam. Es sah aus wie ein kleines Schwimmhäutchen zwischen den Zehen.«

»Sie meinen, ihre Tochter kam mit Schwimmhäuten auf die Welt?« Die Beamten starrten sie ungläubig an.

»Es ist EIN Schwimmhäutchen.«

»Warum haben Sie das Kind denn nicht operieren lassen?«

»Weil solch ein Eingriff bei Frühgeborenen sehr riskant ist. Außerdem waren die Ärzte der Meinung, dass es sich im Laufe der Jahre auswachsen würde.« Der Beamte schüttelte ungläubig den Kopf.

»Und Sie glauben, dass dieses Häutchen etwas mit den Fischen zu tun haben könnte? Also, das kann ich nun wirklich nicht glauben. Nehmen Sie vielleicht irgendwelche Medikamente? Psychopharmaka?« Ruths Nerven machten nun endgültig nicht mehr mit. Sie begann zu schluchzen.

»Meine Frau war schon während der ganzen Schwangerschaft in psychiatrischer Behandlung.« Sie fiel ihm ins Wort.

»Musste ich ja! Lass mich weiter erzählen. Jetzt ist es auch schon egal.« Ruth nahm ihre ganze Kraft zusammen.

»Nachdem ich auf Hawaii geschwommen war, bekam ich einige Tage später eine Entzündung im Unterleib, außerdem hatte ich fast jede Nacht den gleichen

Albtraum, dass ich anstatt eines Babys einen Fisch mit einem entsetzlichen Kinderkopf zur Welt bringen würde. Es war schauderhaft.«

Die Polizisten warfen sich vielsagende Blicke zu. »Und? Weiter?«

»Jede Nacht wiederholte sich dieser Traum. Es ging so weit, dass ich mir tagsüber die Babys anderer Frauen mit kleinen Flossen am Bauch vorstellte. Kam ich zufällig an einer Fischhandlung vorbei, musste ich mich fast übergeben. Ich sah Fische mit Babyköpfen. Sie können sich das nicht vorstellen! Ich hatte Angst davor, verrückt zu werden! Mein Bruder, der eine psychologische Praxis hat, behandelte mich. Aber die Ängste blieben. Nach Miris Geburt hörten die Träume schlagartig auf. Mein Bruder meinte, dass meine starken Ängste und Gedanken während der Schwangerschaft das Wachstum des Embryos beeinflusst haben könnten ... Wissen Sie, es gibt Dinge, die sind sehr schwer zu begreifen.« Immer noch gaben sich die Beamten skeptisch. »Und ihre Tochter, litt sie sehr unter dieser Verwachsung?«

»Im Gegenteil. Sie fühlte sich dadurch als etwas Besonderes und erzählte immer, sie sei eine kleine Meerjungfrau. Anstatt mit Gleichaltrigen zu spielen, wollte sie ständig schwimmen gehen. Jetzt kennen Sie die Geschichte.« Hilfesuchend blickte Ruth von einem zum anderen.

»Tja, was es alles gibt.« Die Polizisten sahen sich ratlos an.

»Am besten, Sie zeigen uns die Stelle, an der ihre Tochter gewöhnlich schwimmen geht. Vielleicht finden wir dort irgendeinen Anhaltspunkt.« Wieder stiegen sie den gewundenen Pfad hinab. Ruth deutete müde auf das Plateau.

»Dort unten.«

»Ihre Tochter war also gestern Abend aber hier? Allein oder in Begleitung?«

»Mit Antonio Eudriges. Er ließ sie dann aber allein und ging nach Hause.«

Die Beamten schauten sich um. Keine Kleidungsstücke, nichts.

»Vielleicht sollten wir zuerst mit diesem Antonio sprechen. Frau Krüger, können Sie uns seine Adresse geben?« Sie nickte nachdenklich.

»Carlos sollten Sie befragen, den Sohn von diesem Juan. Der hat ihr immer hinterher gestarrt. Dietrich, du findest den doch auch seltsam oder etwa nicht?«

Krüger nickte bedeutungsschwer.

»Wenn der meiner Tochter etwas angetan hat, bring' ich ihn um, das Schwein!« Er trat heftig mit dem Fuß gegen den Felsen.

»Herr Krüger, verlieren Sie jetzt mal nicht die Nerven.«

Während dessen sah Ruth sich suchend um. Da entdeckte sie es:

»Schauen Sie!« Aufgeregt deutete sie auf einen kleinen Haufen leerer Muschelschalen, die am Rande des Plateaus lagen. Der Polizist schubste sie zur Seite.

»Nicht anfassen! Vielleicht haben die ja wirklich was mit dem Verschwinden ihrer Tochter zu tun! Sie gehen jetzt lieber nach Hause und ruhen sich aus. Den Alten und seinen Sohn werden wir uns gleich mal vorknöpfen. Sobald wir etwas wissen, melden wir uns bei Ihnen. Sorgen Sie sich nicht zu sehr. Vielleicht ist ja gar nichts passiert, und ihre Tochter taucht in ein paar Tagen wieder auf. Übrigens, ist sie eine gute Schwimmerin?«
Ruth nickte.

»Meine Tochter kann – wie ich – stundenlang schwimmen.«

»Nun gut. Wir werden uns bei Ihnen melden.« Die Gruppe löste sich auf. Die Polizisten die immer noch nicht wussten, ob sie die Geschichte überhaupt ernst nehmen sollten, gingen zur Hütte des Alten.

Keiner von ihnen hatte bemerkt, dass sie beobachtet wurden.

Ein weiterer sorgenvoller Tag verstrich. Ruth Krügers Gefühle schwankten zwischen Hoffen und Verzweifeln. Stundenlang starrte sie angespannt aus dem Fenster ihres Hauses. Von Miri fehlte weiterhin jede Spur. Als Ruth den Polizeiwagen sah, rannte sie den Beamten aufgewühlt entgegen.

»Wissen Sie etwas Neues? Haben Sie meine Tochter? Sie müssen Sie finden! Bitte!« Sie schlug die Hände vors Gesicht, um ihre Tränen zu verbergen.

»Von ihrer Tochter gibt es noch keine Spur, leider. Aber wir lassen die Muschelschalen gerade auf Fingerabdrücke untersuchen. Vielleicht bringt uns das weiter.« Ruth fühlte ihr Herz bis zum Hals pochen.

»Sie glauben also auch dass Miri etwas zugestoßen ist, nicht wahr?« Ruth versuchte vergeblich, den Gesichtsausdruck der Beamten zu interpretieren.

»Wir lassen gerade mehrere kleine Buchten rund um den Badeplatz ihrer Tochter absuchen. Es war letzte Nacht sehr stürmisch, da wird so einiges an Land gespült was uns vielleicht weiterhelfen könnte.« Der Polizist bemühte sich um einen neutralen Tonfall.

»Aber Miri ist so eine gute Schwimmerin! Ich kann mir nicht vorstellen ...« Ruth fing wieder an zu weinen. »Der letzte Mensch, der ihre Tochter gesehen hat, war Carlos. Er ist spurlos verschwunden. Auch sein Vater hat keine Ahnung, wo er sich rumtreibt. Angeblich war er auch nicht an seinem Arbeitsplatz in der Fischfabrik. Wir werden jetzt noch mal das Gebiet um die Badestelle absuchen. Es soll dort noch einige Höhlen geben. Hat ihre Tochter etwas davon erzählt?« Ruth schüttelte resigniert den Kopf.

»Miri redet nicht sehr viel. Von Höhlen weiß ich nichts.« Krüger der sich bis jetzt im Hintergrund gehalten hatte, griff nach der Hand seiner Frau.

»Wir kommen mit, wenn Sie nichts dagegen haben.« Abermals stieg die Gruppe zur Badestelle hinunter und verweilte einige Minuten auf dem von steilen Felswänden umgebenen Plateau. Die beiden Polizisten berieten sich leise, wobei ihre Augen prüfend die Felsen absuchten. Auf den ersten Blick waren nirgends Höhlen auszumachen. Dann wandten sie sich den Krügers zu.

»Das Beste wird sein wenn wir uns in zwei Gruppen aufteilen. Herr Krüger, Sie kommen mit mir, und Sie«, er deutete auf Ruth, »begleiten meinen Kollegen. Sind Sie damit einverstanden? Wir werden jetzt nach Höhleneingängen suchen.« Frau Krüger sah sich erneut aufmerksam um.

»Gehen Sie bitte schon ohne mich vor, ich komme gleich nach.« Der Beamte verstand sie nicht.

»Ich würde gern eine Weile hier auf dem Felsen sitzen, auf dem auch meine Tochter immer gesessen hat. Können Sie das verstehen?« Der Polizist zuckte mit den Schultern.

»Wenn Sie unbedingt wollen, bitte schön. Falls irgendetwas sein sollte, rufen Sie eben laut, wir sind in der Nähe.« Krüger machte sich mit den beiden auf den Weg. Als sie außer Sichtweite waren, setzte sich Ruth im Schneidersitz an den Rand des Plateaus und schaute konzentriert, fast meditativ auf das Wasser. Sie atmete tief durch, schloss die Augen und sah Miri vor sich. Sie spürte, dass ihre Tochter noch am Leben war.

Ruth stand auf und hangelte sich neugierig um eine Klippe. Vorsichtig, um auf den glitschigen Felsen nicht auszurutschen, zog sie sich weiter bis zu einem Felseinschnitt, in dem versteckt eine kleine Badebucht lag. Von dort aus schlängelte sich ein kleiner steiniger Pfad den

Berg hinauf. Wie in Trance folgte Ruth dem Ziegenweg, der vor einer hohen Felsspalte endete.

Es war der Eingang einer Höhle. Sie hatte Angst, vor dem was sie erwarten würde, fasste sich ein Herz und ging hinein. Vor ihr tat sich ein hohes Gewölbe auf. Nur langsam gewöhnten sich Ruths Augen an die Dunkelheit, und was sie dann sah, ließ sie erschaudern.

In der Mitte der Höhle kauerte Carlos, und vor ihm auf einer alten Matratze, lag Miri. Sie schien zu schlafen. Ruth strich sanft über ihre Wange.

»Liebes, wach auf! Ich bin es doch. Alles wird gut.« Mit hasserfülltem Blick schaute sie auf Carlos.

»Was hast du mit ihr gemacht, was ist mit ihr?«

»Ich weiß es nicht, ich hab's doch nur gut gemeint.«

»Was hast du nur gut gemeint, Carlos. Jetzt red' doch.« Ruth packte ihn an den Schulter und schüttelte ihn.

»Ich kann nicht.« Er fing zu weinen an und wirkte plötzlich wie ein Zwölfjähriger.

»Was ist mit ihr?« Sie berührte angstvoll die kalte, feuchte Schläfe ihrer Tochter. »Carlos, du bleibst schön brav hier sitzen, ich hol' Hilfe. Hast du mich verstanden? Carlos!« Er nickte stumm, und Ruth kletterte hastig zurück.

Als erster sah Dietrich sie von weitem heftig winken und rufen. So schnell er konnte kletterte er ihr entgegen.

»Sie sind da drüben. Am Ende des Ziegenpfades ist eine Höhle. Wir brauchen einen Krankenwagen!« Dietrich hörte sie schon gar nicht mehr. Wie besessen kletterte sie zurück. Er hatte Mühe ihr zu folgen. Carlos kauerte immer noch neben Miri.

»Was ist mit ihr?« Krüger bückte sich aufgeregt über seine Tochter, schüttelte sie, fühlte ihren Puls, öffnete ihre Lider. Sie lebte noch!

»Ruth, hol du die Polizisten, sie sollen den Krankenwagen rufen. Wir müssen sie hier raus schaffen. Carlos, hilf mir!« Mühsam trugen sie Miri vor die Höhle.

»Und jetzt will ich wissen, was hier passiert ist, Carlos!«

»Ich kann doch nichts dafür ... Ich wusste es nicht ...« Er stammelte vor sich hin.

»Du hast doch nicht ...?« Er packte Carlos am Hals, als Ruth mit den beiden Polizisten herbei stürmte. Sie rissen Dietrich zurück. Einer der Beamten sprach hektisch in sein Handy. Carlos stammelte unzusammenhängende Sätze, aus denen niemand schlau wurde. Ruth kniete leise weinend vor ihrer Tochter im Gras und streichelte mechanisch ohne Unterlass deren Wange. Dietrich und die Beamten redeten auf Carlos ein, der nur noch leise wimmerte. Es schien eine Ewigkeit zu verstreichen, bis sie den Krankenwagen hörten. Endlich! Er hielt oberhalb des Pfades. Im Nu schafften zwei Sanitäter das Mädchen mit einer Trage hinauf. Die Krügers fuhren im Krankenwagen mit, der Miri zum Krankenhaus brachte. Carlos leistete keinerlei Widerstand. Er wurde abgeführt und auf der Polizeistation in Palma verhört.

Ruth und Dietrich Krüger warteten in dem kargen Krankenhausgang. Als der zuständige Arzt ihnen mitteilte, dass Miri vor wenigen Minuten verstorben war, brach Ruth zusammen.

Eine Autopsie ergab, dass Miri nach dem Verzehr verseuchter Muscheln letztendlich an Atemlähmung gestorben war. Das von Algen produzierte Toxin kann von den im Normalfall essbaren Muscheln aufgenommen werden. Das Fatale ist, dass man es den Muscheln nicht ansieht und das Gift geruchlos ist. Bei empfindlichen Menschen können innerhalb weniger Stunden Gleichgewichtsstörungen, Sehstörungen und eben Atemlähmung eintreten.

Nachdem Ruth eine Beruhigungsspritze injiziert worden war, bestand sie darauf mit Carlos zu sprechen. Sie wollte aus seinem Mund hören, was geschehen war. Ihr Mann begleitete sie, es waren nur wenige Schritt zu dem Revier. Ein Polizist ließ sie anstandslos zu Carlos durch. Er saß elend, in sich zusammengekauert, auf einer Pritsche.

»Bitte Carlos, erzählen Sie uns alles, was passiert ist.« Sie setzte sich erschöpft neben ihn, und er fing stockend an zu sprechen.

»Ich hab' sie da auf dem Felsen beobachtet. Wie oft. Ich weiß, dass sie Muscheln mag. Manchmal macht sie sich welche vom Felsen ab und isst sie. Sie ist doch wie ein Fisch. Wissen Sie, ihre Zehen sind doch wie beim

Fisch. Sie ist anders. Ich bin raus geschwommen, um ihr eine Freude zu machen. Ich hab's nicht böse gemeint. Ich kenn' mich aus mit Muscheln. Sie hat sich gefreut. Ich mag keine Muscheln, aber sie hat alle gegessen.« Er wischte sich mit seinem schmutzigem Ärmel die Tränen weg.

»Weiter, Carlos. Was ist dann passiert?«

»Dann ist sie raus geschwommen, sehr weit. Die Sonne ging schon unter. Mir war kalt. Ich hab' geschaut, wo sie bleibt. Sie war lange draußen. Dann hab' ich gesehen, dass sie winkt. Ich dachte sie will, dass ich zu ihr komm'. Ich bin wieder ins Wasser. Es war kalt. Bin zu ihr geschwommen. Sie zappelte, bekam fast keine Luft mehr. Ich hab' sie an Land gebracht. Sie hat gezittert. Was sollte ich denn machen? Dann hat sie die Augen so komisch verdreht. Es ging alles so schnell. Ich hab' Angst bekommen. Hab' sie dann in die Höhle gebracht. Ich dachte, sie kommt wieder zu sich. Dann bin ich zu meinem Vater gegangen. Ich war so durcheinander. Er wollte mich nicht gehen lassen. Und dann kamen sie auch schon ... Nachts war ich dann noch einmal in der Höhle. Vielleicht war ja wieder alles gut ... Ich wollte es nicht. Das können Sie mir glauben.«

Carlos wurde freigesprochen. Die Krügers verkauften einen Monat später ihr Haus und zogen zurück nach Stuttgart. Miris Asche nahmen sie mit. Sie wurde auf dem Waldfriedhof beigesetzt. Ruth Krüger musste sich wieder in psychiatrische Behandlung begeben. Sie litt unter schwersten Albträumen. Sie träumte von Kindern mit Schwimmhäuten und Kiemen, von Kindern, die aus dem Meer kommen und sich von Häusern stürzen. Sie träumte von Miri als Fischembryo, und sie wollte nie, nie wieder am Wasser leben.

Neptun

Heinrich Küster saß in der dem Aufnahmestudio angegliederten Werkstatt und langweilte sich. Aus dem Studio ertönte die laute Stimme des Aufnahmeleiters. Er hasste diese Stimme, sie verfolgte ihn manchmal bis in den Schlaf.

»Ruhe bitte. Wir zeichnen auf!« Wie oft hatte er diesen Satz schon gehört? Bestimmt an die 10.000 Mal. Er zündete sich mit seinen von Beize, Farbe und Nikotin gelb gefärbten Fingern die neunzehnte Zigarette des Tages an, und wartete.

Zeit totzuschlagen, bis die Einstellung im Kasten war und ein lautes »Wir bauen um!« ertönte, gehörte zu seinem Job.

Denn Heinrich Küster war Bühnenbildner und seit acht Jahren für das Erscheinungsbild dieser Familien-Serie zuständig, die wöchentlich ausgestrahlt wurde. Die Arbeit langweilte ihn von Woche zu Woche mehr. Routine. Vielleicht war es auch das Alter. In einem Jahr würde er fünfzig werden. Zu jung für die Pensionierung und zu alt, um noch etwas wirklich Großes zu schaffen.

Die Zeiten, als er noch ausgefallene Bühnenbilder und Dekorationen bauen durfte, gehörten längst der Vergangenheit an. Seit der Fusion der Anstalt mit der Partneranstalt in Baden-Baden wurden in Stuttgart keine aufregenden Sendungen mit aufwendigen Kulissen mehr produziert. Böse Zungen behaupteten sogar, dass es die Sendeanstalt in dieser Form in einigen Jahren nicht mehr geben würde.

Viel Zeit blieb ihm nicht mehr, noch etwas Einzigartiges, etwas das ihm endlich die verdiente Anerkennung verschaffen würde, auf die Beine zu stellen. Und das wollte er. Denn noch heute klang ihm das Spottlied seiner Schulkameraden schmerzhaft im Ohr: »Heiner ist ein kleiner Zwerg und wohnt hinterm großen Berg, rüberschauen kann er nicht, denn er ist ein kleiner Wicht!«

Dabei hatten sie Recht. Er war ein »kleiner Wicht«, gerade mal ein Meter zwanzig groß. Liliputaner nannte man das früher. Heute sagt man »Kleinwüchsig.«

Allerdings kam es immer noch vor, dass Kinder, die mit Grimm's Märchen aufwuchsen, ihre Eltern unschuldig-entsetzt darauf aufmerksam machten, dass vor ihnen an der Supermarktkasse ein »Zwerg« stünde. Heinrich Küster hatte längst aufgehört, deshalb einen Streit mit den Eltern der Kinder anzuzetteln.

»Umbau!« Seufzend drückte er seine Zigarette aus. Für die nächste Einstellung mussten im Studio einige Möbel umarrangiert und zusätzliche Bilder aufgehängt werden. Eine Arbeit, die ebenso gut Studiohelfer oder der Requisiteur erledigen konnten. Nach zwanzig Minuten verzog er sich wieder in seine Werkstatt.

Thomas, sein Gehilfe, schob ihm die Bild-Zeitung rüber und deutete auf einen Artikel.

»Hast du schon gelesen? Die spinnen doch, was das kostet, und wer soll das wieder bezahlen? Wir, die Steuerzahler!« Desinteressiert warf Heinrich einen Blick auf die aufgeschlagene Seite. Die mehrere Zentimeter hohe rote Überschrift traf ihn wie ein Schlag in die Magengrube: »Stuttgart ist reif für erstes Unterwassertheater Europas.«

Der Autor ließ sich über die Stuttgarter Stadtväter aus. Stuttgart zur Medienmetropole zu pushen war gründlich gescheitert. (Weinberge und Maultaschen reizten die kreativen Köpfe nun mal nicht.) Die Pläne für einen Trump Tower á la New York hatten sich ebenfalls in Luft aufgelöst. Also suchten sie händeringend nach einem Zaubermittel, um ihre Heimatstadt aus dem Dornröschenschlaf zu wecken. Da kam ihnen eine europaweit einzigartige Attraktion wie ein Unterwassertheater gerade recht. Sie waren von dem Plan des Stararchitekten Jochen Hofer begeistert, in Stuttgart ein Unterwassertheater nach amerikanischem Vorbild zu bauen.

Erstaunt beobachtete Thomas wie Heinrich die Zeitung wortlos zusammenknüllte und in den Mülleimer warf.

»Entschuldige, aber das war meine Zeitung. Eigentlich wollte ich die noch lesen!« Thomas holte sie wieder aus dem Eimer und begann sie glatt zu streichen, als Karsten, der jungendliche Aufnahmeleiter in die Werkstatt stürmte.

»Umbau! Wo bleibt ihr denn? Wir warten!« Widerwillig folgte ihm Heinrich ins Studio. Er konnte nicht fassen, was er gerade gelesen hatte.

Es war gerade mal ein knappes Jahr her, dass er mit seinem Freund Jochen nächtelang über Plänen für ein Unterwassertheater gebrütet hatte. Dieses Projekt wollten sie gemeinsam durchziehen. Gemeinsam!

»Diese Vorhänge sind doch nicht dein Ernst? Hast du nicht etwas Anderes?« Der Regisseur moserte mal wieder am Bühnenbild rum.

»Genau die hast du dir bei der Abnahme ausgesucht.« Er warf ihm einen wütenden Blick zu.

»Wenn sich dein Geschmack so schnell ändert, ist das deine Sache. Aber diese Vorhänge bleiben!« Zornbebend verließ Heinrich das Studio.

»Was hat denn der Giftzwerg schon wieder?« Der Regisseur wandte sich an Thomas.

»Keine Ahnung.«

»Der soll sich mal lieber zusammenreißen. Wenn der so weiter macht, ist der hier bald weg vom Fenster.« Er hatte Recht, dachte Thomas. Heinrich war tatsächlich seit einigen Monaten extrem übellaunig und gereizt.

Als Thomas in die Werkstatt kam, saß Heinrich auf seiner Werkzeugkiste, rauchte, starrte ins Leere und trank einen Korn.

»Auch das noch«, dachte Thomas.

»Das war meine Idee. Der Typ hat mir einfach meine Idee geklaut.« Heinrich deutete auf die zerknüllte Zeitung.

»Verstehst du? Ich wollte das bauen.« Seine Finger zitterten als er an der Zigarette zog. Thomas hatte keine Ahnung wovon Heinrich da lamentierte.

Am nächsten Tag meldete sich der kleinwüchsige Bühnenbildner krank. Manche munkelten, dass er eine Entziehungskur mache. Damit lagen sie allerdings absolut daneben.

Vor einem Jahr war Heinrich auf dem jährlichen Treffen der Kleinwüchsigen in Florida gewesen. Man knüpfte dort Kontakte, redete über Probleme, die man mit sich und seiner Umwelt hatte, und mancher fand auch einen Ehepartner oder eine Partnerin. Dort besuchte Heinrich eher zufällig ein Unterwassertheater. Er war sofort begeistert. Vor allem das Bühnenbild hatte es ihm angetan.

Dies war etwas wirklich Großes, Einzigartiges.

Das Bühnenbild war echt natur. Eine Unterwasserwelt aus Felsformationen, Tälern, bewachsenen Steinen, Korallenriffen und Algen. Einzelne Fischschwärme durchkreuzten ab und zu das Bild. Wenige künstliche Elemente wurden hinzugefügt: eine griechische Büste, ein Schloss, große Muscheln, Schiffsruder, alte marode Kisten, Knochen von »Gestrandeten« und eine Marmortreppe. Dann dröhnte die Musik aus den Lautsprechern, und die Meerjungfrauen glitten mit weitgeöffneten Augen grazil durch die Landschaft. Sie bewegten ihren Mund und sangen. Aufgeführt wurde das Märchen der kleinen Seejungfrau von Christian Andersen.

Um Luft zu holen, schwammen die Nixen zu Wasserschlangen ähnlichen Schläuchen, durch die mit einem Kompressor frische Luft gepumpt wurde. Keine hässliche Preßluftflasche störte so den ästhetischen Gesamteindruck.

So etwas in Deutschland nachzubauen, wäre eine wirkliche Herausforderung für einen Bühnenbildner und würde ihn auf einen Schlag berühmt machen!

Stuttgart braucht keinen Trump Tower und kein Stuttgart 21.

Die Stadt des Balletts, der Oper und der Mineralquellen ist reif für das erste Unterwassertheater Europas!

Heinrich wurde sofort klar, dass es unmöglich war, solch ein Projekt alleine durchzuziehen.

Da fiel ihm sein Freund Jochen ein, mit dem er seit seiner Studentenzeit befreundet war. Jochen war Architekt und zwar ein verteufelt guter und hatte einen Namen, weit über Stuttgarts Grenzen hinweg.

Vor fünfundzwanzig Jahren war ihm der große, sprachgewandte Jochen sofort aufgefallen. Er wirkte selbstbewusst, fast arrogant, war aber durch seine ständig gute Laune bei den meisten Komillitonen beliebt.

Heinrich bewunderte ihn und suchte seine Nähe.

In den Semesterferien waren sie dann tatsächlich gemeinsam kreuz und quer durch Indien gereist. Doch die Reise endete fast in einer Katastrophe.

Jochen fing sich die Krätze ein. Eigentlich eine harmlose Sache. In Delhi ging Jochen zu einem Arzt, der ihm ein gängiges Medikament verschrieb. Doch Jochen reagierte extrem allergisch darauf.

Er erlitt einen schweren epileptischen Anfall und wurde einige Tage von Schwindel und Orientierungsstörungen geplagt. Ohne Heinrichs Hilfe wäre Jochen in dieser Zeit nicht klar gekommen. Heinrich kümmerte sich um ihn und organisierte einen vorzeitigen Rückflug nach Deutschland.

Die folgenden Untersuchungen ergaben, dass Jochen gegen Lindan, den Hauptwirkstoff des Medikamentes, extrem empfindlich war.

Für Heinrich hatte der Vorfall auch etwas gutes. Er hatte erlebt, dass auch Menschen wie Jochen, den er praktisch für perfekt gehalten hatte, verborgene körperliche Mängel haben können.

Jochen war von Heinrichs euphorischer Beschreibung des Unterwassertheaters sofort begeistert, zumal auch ihm ein Projekt, das ganz sicher Aufsehen erregen würde, wie gerufen kam. Durch die Architektenschwemme in Stuttgart war der Konkurrenzkampf unerbittlich geworden. Gemeinsam flogen sie an die Westküste Floridas.

Schon die Fahrt auf dem Highway Richtung Weeki Wachee war ein Erlebnis. Meterhohe Meerjungfrauen, wie aus Marmor gemeißelt, säumten die Straße und warben für das Unterwasserballett. Von dem einige Meter unter dem Wasserspiegel liegenden Theater war Jochen restlos begeistert. Als sich der dunkelblaue Samtvorhang öffnete und die zwanzig Meter lange Glasfront sowie die farbenprächtige Unterwasserwelt freigab, war sofort klar, dass sie so etwas auch in Deutschland realisieren würden. Gemeinsam!

Nach der Show gelang es ihnen ohne große Probleme einen Blick hinter die Kulissen zu werfen. Oberhalb des Zuschauerraumes lagen die Garderoben der Akteure. In einem der Räume befand sich der ›Bühneneinstieg‹, ein großes rundes Loch im Boden.

Kurz vor Beginn jeder Vorstellung schlüpften die ›Wassertänzer‹ in ihre schillernd grünen Kostüme mit den elegant geschwungenen Schwanzflossen am Ende. Auf ein Stichwort glitten sie geschmeidig durch das Loch in das Wasser auf ihre Bühne. Seit über fünfzig Jahren führten sie die Geschichte der kleinen Meerjungfrau auf. Das 1947 gegründete Theater wurde in den siebziger Jahren durch eine wesentlich größere Panoramaglasfront bereichert.

Wieder zurück in Stuttgart tüftelten sie wochenlang an Plänen und Skizzen. Jochen verfügte über das nötige Know-how, und was noch wichtiger war, über einflussreiche Freunde bei der Stadt und beim Bauamt. Alles lief glatt, bis es ein halbes Jahr später zum großen Streit kam.

Heinrich baute in Jochens Atelier an einem kleinen Modell des Theaters, als ihn ein scharrendes Geräusch des Faxgerätes hochschrecken ließ. Papierstau. Heinrich behob das Problem und sah zu wie ein Endlosfax aus dem Gerät ratterte. Neugierig warf er einen Blick auf die Seiten.

Absender war ein Chris Meyers aus Florida, der sich einverstanden erklärte, Jochen beim Bau eines Unterwassertheaters in Stuttgart nach seinem Vorbild finanziell, sowie mit Rat und Tat zu unterstützen. Er begrüßte das Vorhaben, da er selbst einen engen Bezug zu Stuttgart hatte. Seine Zeit als GI in Böblingen war ihm bis heute in guter Erinnerung.

Heinrich runzelte die Stirn. Mit keinem Wort hatte Jochen erwähnt, dass er mit Chris Meyers, der sich beim Weiterlesen als der Erbauer und Erfinder des Theaters in Florida entpuppte, je Kontakt aufgenommen hatte.

Eilig überflog er die restlichen Seiten. Von ihm, Heinrich, war keine Rede. Anscheinend war das ganze Projekt schon unter Dach und Fach. Es folgten detaillierte Zeichnungen des Bühnenbildes, Materialbeschreibungen, Kostümanweisungen und Kostenvoranschläge.

Herr Meyers freute sich auf die Zusammenarbeit mit Jochen.

Niedergeschmettert ließ Heinrich sich auf einen Stuhl fallen. Sofort war das alte Spottlied wieder da. »Heiner ist ein kleiner Zwerg ...«

Als Jochen drei Stunden später von einer Besprechung ins Atelier zurückkehrte hielt ihm Heinrich wütend das Fax unter die Nase. Um die Ohren hauen konnte er es ihm wegen des Größenunterschiedes leider nicht.

»Es war meine Idee! Meine Idee! Und jetzt willst du mich ausbooten!« Noch heute wurde Heinrich übel, wenn er an den überheblichen Gesichtsausdruck seines »Freundes« dachte.

Er tat das Fax als typisch amerikanische Wichtigtuerei ab. Er habe zwar einige Male mit Meyers telefoniert, aber es gebe keinen Vertrag zwischen ihnen.

Jochens Dreistigkeit gipfelte mit dem Angebot, Heinrich könne den Entwurf oder besser gesagt die Dekoration des dem Theater angegliederten Fischrestaurants übernehmen.

Heinrich atmete tief durch, ging ruhig zur Tür, und drehte sich noch einmal um.

»Du hinterhältiges, gemeines Schwein.«

In den folgenden Monaten hatte er kaum die Kraft, sich jeden Tag zum Sender zu schleppen. Die Vorstellung, bis zu seiner Pensionierung als zweitklassiger Bühnenbildner irgendwelcher banalen Serien seine Stunden absitzen zu müssen, zermürbte ihn. Er trank noch mehr als sonst und wurde immer verschlossener. Dass die Kollegen hinter vorgehaltener Hand Witze über ihn machten, ignorierte er so gut es ging. Sein Leben war ohnehin trist und sinnlos.

Und jetzt dieser euphorische Artikel in der Zeitung! Er hasste Jochen und hasste sich und seinen Körper.

Ohne einen bestimmten Plan, aber fast schon zwanghaft, schlich Heinrich in den folgenden Monaten, meist ganz früh am Morgen, um das Baugelände herum.

Die Bauarbeiten schritten schnell voran. Ohne Schmiergelder wäre dies nicht der Fall gewesen, davon war Heinrich überzeugt. Er musste zugeben, dass der Standort des zukünftigen Theaters phantastisch gewählt war. In unmittelbarer Nähe des Neckars, der Wilhelma und des Naturkundlichen Museums. Wie er den Zeitungsmeldungen entnehmen konnte, sollten die unterirdischen Quellen, die auch das Mineralbad Berg versorgt hatten, weiterhin genutzt werden: Neben einem Fischrestaurant, sollte es eine Mineralbar und einen kleinen Wellnessbereich geben. Jochen hatte an alles gedacht!

Täglich studierte Heinrich sämtliche Lokalzeitungen um über alles, was das Unterwassertheater betraf, auf dem Laufenden zu sein. Akribisch schnitt er jeden Artikel aus und heftete ihn auf eine große Pinnwand. Er begann in seiner Küche, ein exaktes Modell der Anlage zu bauen. Es schmerzte ihn kaum noch, wenn Jochen groß in sämtlichen Zeitschriften abgebildet wurde. Sollten sie ihn nur feiern, den Dieb!

Nach einem dreiviertel Jahr stand das Gebäude fertig auf dem Gelände und das Modell auf Heinrichs Küchentisch. Stundenlang starrte er wie gebannt auf sein Werk. Er sah die tragenden Säulen einknicken wie Streichhölzer und die riesige Panzerglasscheibe zerplatzen, Millionen Liter Wasser ergossen sich als gigantische Flutwelle in den Zuschauerraum.

Er schüttelte die Bilder ab und las noch einmal den Zeitungsartikel, der die Fertigstellung des Theaters fast hymnisch feierte. Die Journalisten hatten mit Vorschußlorbeeren wahrlich nicht gegeizt! Ein Foto zeigte einen strahlenden Jochen mit einer wohlgeformten Nixe im Arm.

Heinrichs Kollegen registrierten mit Erstaunen die Veränderung ihres Bühnenbildners.

Seit seiner vermeintlichen Kur schien er wie ausgewechselt. Gut gelaunt und anscheinend höchst motiviert tat er seine Arbeit im Team.

Regelmäßig führte ihn sein Weg nun an dem neuen Theater vorbei.

Eines morgens stand Jochen vor dem Portal. Heinrich zögerte kurz, dann ging er zielbewusst auf ihn zu und streckte ihm die Hand entgegen.

»Ich gratuliere. Es ist ein schöner Bau geworden.« Jochen blickte überrascht auf ihn hinunter. Er hatte mit

Beschimpfungen gerechnet, aber bestimmt nicht mit einer Gratulation.

»Findest du? Wenn du willst, führe ich dich mal rum.« Er machte eine einladende Geste.

»Natürlich, gerne!« Heinrichs Interesse war nicht geheuchelt.

»Das mit unserem Streit,« Jochen stockte. Sich zu entschuldigen war noch nie seine Stärke gewesen.

»Schwamm drüber. Du bist der Stararchitekt.« Stararschloch, dachte Heinrich.

Jochen zeigte Heinrich alles, was er sehen wollte. Vor der zwanzig Meter breiten Front aus dickem Glas hing ein schwerer dunkelblauer Samtvorhang. Heinrich blieb stehen.

»Du kannst dir sicher vorstellen, dass mich das Bühnenbild am meisten interessiert.« Heinrich setzte sich in die erste Reihe. Jochen zögerte.

»Morgen fangen die Proben an. Du kannst gerne vorbeikommen.«

»Jetzt mach schon. Ich will sehen, wie du das hinbekommen hast!« Jochen drückte auf einen in der Wand eingelassenen Knopf. Der Vorhang öffnete sich.

Das Bühnenbild war die genaue Kopie der natürlichen Unterwasserflora Floridas.

»Tja. Sieht genau aus wie in Florida!« Heinrichs Geringschätzung klang aus jeder Silbe.

»Nachdem du nicht mehr dabei warst ...« Jochen hob entschuldigend die Schultern.

»Ich kann mich jetzt nicht weiter um dich kümmern. Wie gesagt, die Proben fangen morgen an. Es gibt noch eine Menge zu tun. Mein Büro ist dahinten.« Er deutete auf eine Seitentür und verschwand.

Heinrich starrte auf das künstliche Korallenriff hinter der Scheibe. Er sah eine gewaltige Explosion, hörte das Glas bersten. Alles stürzte zusammen, schreiende Menschen wurden von den Wassermassen fort gerissen.

Er merkte nicht, wie sich jemand neben ihn setzte.

»Ich finde es echt super.« Er schaute auf.

»Ich bin Yvonne. Morgen fange ich hier als Nixe an.« Sie gab ihm die Hand.

Heinrich war überrascht, dass sie warm und trocken war und nicht feucht und glitschig. Er musterte sie. Mit ihrem blonden welligen Haar, das wie ein Wasserfall über ihre Schultern fiel, sah sie schon jetzt aus wie eine Nixe.

»Heinrich Küster. Bühnenbildner.«

»Dann ist diese irre Unterwasserlandschaft von Ihnen?« Bewundernd schaute sie ihn aus großen grünen Augen an.

Heinrich zögerte einen Moment.

»Es ist wirklich gut gelungen.« Er stand auf.

»Entschuldigen Sie mich, aber ich muss jetzt leider gehen. Ich wünsche Ihnen viel Erfolg als Nixe.«

Es war ihr erster Kontakt mit einem Kleinwüchsigen gewesen. Erstaunt und ein wenig traurig sah Yvonne hinter ihm her, dann stand sie auf, strich sich die Haare aus dem Gesicht und klopfte an der Bürotür.

Heinrich kam zu spät. Und das ausgerechnet an einem Morgen, an dem der Aufbau eines neuen Sets auf der Dispo stand. Thomas kam ihm hektisch entgegengelaufen.

»Gut, dass du endlich kommst! Die warten schon alle. Wir hängen. Vor einer Stunde wäre Drehbeginn gewesen!« Heinrich warf einen Blick ins Studio. Der Regisseur saß mit seinem Drehbuch auf seinem Wichtigtuerstuhl. Man konnte förmlich riechen wie sauer er war.

»Ah, der Herr Bühnenbildner. Schön, dass du da bist.« Er schaute böse auf Heinrich runter.

»Waren die Beine heute früh wohl etwas zu kurz?« Die Studiohelfer und der Regieassi hielten den Atem an. Heinrich wollte etwas sagen. Doch dann sah er sich sein Gegenüber mit einem Blick an, dass man sich fragte wer von beiden der Kleinere war und verließ wortlos das Studio.

Thomas lief ihm nach.

»Jetzt warte doch, das hat er doch nicht so gemeint.«

»Ach nein?« Er drückte Thomas die Pläne des neuen Sets in die Hand.

»Du kannst das auch ohne mich.« Er zog seine Jacke an. Thomas kniete vor ihn auf den Boden und kam so auf Augenhöhe.

»Komm wieder runter! Wir brauchen dich hier.« Der Aufnahmeleiter kam in die Werkstatt und fingerte nervös an seiner Stoppuhr herum.

»Könnt ihr jetzt endlich aufbauen? Axel ist stocksauer.«

»Thomas macht den Aufbau.« Heinrich wandte sich ab und verließ die Werkstatt.

»Heiner ist ein kleiner Zwerg ...« Während er von Selbstmitleid geplagt ziellos in dem nahegelegenen Rosensteinpark umher lief, hörte er in seinem Kopf immer wieder den alten Spottvers, als sei es eine springende Schallplatte. Er suchte sich eine Parkbank von wo aus er das neue Theater sehen konnte und zündete sich eine Zigarette an. Lebhaft konnte er sich vorstellen wie sie im Studio jetzt über ihn herzogen. Aber er hatte die Nase gestrichen voll. Diese ganze arrogante Bande wollte er nicht mehr um sich haben. Wichtigtuer. Möchtegernkünstler, die banale Serien fabrizierten, die kein Mensch brauchte, und sich dabei noch wer weiß wie wichtig fühlten! Wütend warf er seine Zigarette auf die Erde und starrte auf die ersten Frühlingsblumen, die der Sonne ihre Köpfe entgegenstreckten.

Yvonne verließ gut gelaunt das Theater. Jochen Hofer machte auf sie einen recht sympathischen Eindruck. Und auch die zukünftigen Kollegen, die sie bei einer ersten Ablaufbesprechung kennen gelernt hatte, schienen sehr nett zu sein. Das Ensemble bestand aus sieben weiblichen Nixen, zwei männlichen Darstellern, die den Prinzen und den Meerkönig darstellen sollten, sowie drei Statisten, die Polypen mimen würden. Der Part des bösen Zauberers, der in einem gruseligen, von den Polypen bewachten kleinen Haus lebte, war noch unbesetzt. Keiner der Darsteller passte in das verwinkelte Häuschen. Ein Kind kam für diese Rolle aus Sicherheitsgründen nicht in Frage.

Plötzlich musste sie an den kleinen Mann denken, den sie vor einigen Stunden kennen gelernt hatte. Der wäre die ideale Besetzung. Aber was wusste sie eigentlich über Kleinwüchsige? Vielleicht sollte sie sich mal ein Buch zu diesem Thema besorgen.

Sie schlenderte durch den Park zu einer Stelle wo einige Bänke in der Sonne standen. Zu ihrer Enttäuschung war nur noch ein Platz frei.

»Entschuldigung, darf ich mich zu Ihnen setzen?« Heinrich schaute mürrisch hoch.

»Ach, die Nixe.« Er deutete neben sich. Überrascht erkannte sie die Person an die sie eben noch gedacht hatte.

»Bitte. Ich wollte sowieso gehen.« Ihm war nicht nach einem Gespräch zumute. Er stand auf. Yvonne lächelte unsicher.

»Bitte, ich wollte Sie nicht vertreiben. Und ob Sie es glauben oder nicht, ich habe eben an Sie gedacht.« Heinrich zog erstaunt eine Augenbraue hoch. Sie lachte.

»Wirklich! Setzen Sie sich doch bitte wieder.« Etwas umständlich erzählte sie ihm von der Rolle des bösen Zauberers, der in eine kleine Hütte passen musste.

»Aber Sie haben sicher andere Dinge zu tun.« Heinrich schüttelte den Kopf.

»Darf ich Sie zu einem Kaffe einladen?« Eine Frage, die Heinrich selten einer Frau stellte.

»Aber gerne.«

Das ungleiche Paar betrat das Da Capo und setzte seine Unterhaltung fort. Er hatte sofort Vertrauen zu ihr gefasst, warum wusste er selbst nicht. Vielleicht waren es ihre wasserblauen Augen, dachte er.

Also erzählte er Yvonne von seiner Enttäuschung, was Job und die Freundschaft zu Jochen betraf.

»Vielleicht sollte ich mich wirklich für diese Rolle bewerben. Ich habe das Gefühl, eine Pause beim Sender würde mir ganz gut tun.« Sein Blick schweifte aus dem Fenster.

»Wenn ich die Rolle bekäme, hätte ich wenigstens das Gefühl dazuzugehören. Zu meinem Traum.« Er schaute sie an.

»Verstehen Sie was ich meine?« Sie nickte, räusperte sich.

»Schwimmen können Sie doch, oder?«

Er musste grinsen. »Das ist die einzige sportliche Aktivität, die ich wirklich gut beherrsche.«

Um sein schlechtes Gewissen zu beruhigen, stellte Jochen dann Heinrich tatsächlich ein. Der Choreograph und die Kostümbildnerin waren begeistert. Aufgrund seiner Statur war er für die Rolle des Bösen wie geschaffen.

Die Proben dauerten oft bis in den späten Abend hinein. Zwei Stunden unter Wasser zu agieren, nur mit Preßluft versorgt, die man sich aus als Wasserpflanzen getarnten Schläuchen holen muss, war nicht nur für Heinrich äußerst anstrengend.

In den Pausen saß er meist mit Yvonne zusammen. Jochen bekam er zum Glück nur äußerst selten zu Gesicht.

Bis zur Premiere blieben ihnen vier Monate. Heinrich genoss es, sich im Wasser zu bewegen. Sein Körper war ihm zum ersten Mal kein Hindernis. Er blühte auf und sein Selbstwertgefühl stieg.

Nach drei Monaten bekam Yvonne Hautprobleme. Das enge Nixenkostüm verursachte bei ihr einen juckenden Ausschlag, der sich schnell über den gesamten Körper ausbreitete. Um ihren Job nicht aufs Spiel zu setzen, verheimlichte sie ihr Problem und versuchte so gut es ging, mit wasserfestem Make-up die Kratzspuren zu verdecken.

Doch es wurde immer schlimmer. Sie war verzweifelt. Immerhin hatte sie wegen dieses Engagements eine Statistenrolle beim »Tanz der Vampire« sausen lassen. Zwei Tage vor der Premiere bekam Jochen Wind davon. Die Kostümbildnerin verplapperte sich unabsichtlich, als sie bei Jochen für dessen Neptunkostüm Maß nahm. Jochen hatte die, wie er fand, geniale Idee als PR-Gag mit seinem Ensemble zusammen am Premierenabend unter Wasser zu posieren. Er, in einer nicht gerade bescheidenen Rolle als Neptun, der Herr des Meeres. Also musste kurzfristig ein Tauchanzug entsprechend umgearbeitet werde.

»Hoffentlich bekommen Sie davon nicht auch diesen furchtbaren Ausschlag wie die arme Yvonne.« Die Kostümbildnerin hätte sich am liebsten die Zunge abgebissen, als der Satz heraus war – aber zu spät.

Da eine Nixe mit Hautausschlag nicht in sein ästhetisches Gesamtbild passte, schmiss Jochen sie kurzerhand aus dem Ensemble.

Heinrichs Hass flammte wieder auf, vielleicht sogar noch mehr als je zuvor.

An diesem Tag verbrachte er seine Mittagspause nicht mit den Kollegen. Stattdessen ging er in die nächstgelegene Apotheke und kaufte mehrere Packungen Lindan.

Das Shooting war für achtzehn Uhr angesetzt, eine Stunde vor der offiziellen Eröffnung. Nach der Generalprobe schlich Heinrich in die Schneiderei. Über einem der Garderobenständer hing Jochens Neptunkostüm. Akribisch bestrich er die Innenseite des hautengen Neoprenanzuges mit der Substanz, die er aus der Apotheke geholt hatte.

Fünf Minuten später saß er bei den anderen in der Kantine.

Um siebzehn Uhr erschienen die Pressefotografen. Zuerst lichteten sie nur die Schauspieler ab. Dann kam Jochens großer Auftritt.

Die Garderobiere half ihm in das Kostüm. Es war verdammt eng und Jochen fluchte laut. Doch dann ließ er sich langsam durch den Einstieg im Boden der Garderobe ins Wasser gleiten. Er schwamm ein paar Mal vor der großen Scheibe hin und her, um den Fotografen Gelegenheit für ihre Aufnahmen zu geben. Es schien ihm Spaß zu machen, und er grinste breit in die Objektive. Heinrich saß in der letzten Reihe des Zuschauerraumes und verfolgte das Ganze wie unbeteiligt.

Jochen brauchte Atemluft und tauchte zu einem der Preßluftschläuche hinunter. Doch plötzlich schien etwas nicht zu stimmen. Jochens Bewegungen wurden zuerst hektisch, dann unkoordiniert. Er paddelte heftig mit den Armen, fast schien er um sich zu schlagen. Sein Körper taumelte, drehte sich unkontrolliert um die eigene Achse.

Seine Augen weiteten sich, als wisse er nicht, wo oben oder unten war. Er griff bei dem Versuch den Schlauch zu packen, mehrmals ins Leere. Panisch starrte er hinaus zu den Fotografen. Sie fragten sich zunächst verwundert, ob dies nicht etwa einen besonders perfekten Teil der Show darstellte und drückten wie wild auf die Auslöser ihrer Kameras. Jochen zerrte verzweifelt an seinem Kostüm. Dann konnte er die Luft nicht mehr anhalten. Er riss er den Mund auf, das Wasser schoss in seine Lungen. Jochens Körper zuckte krampfartig.

Die Garderobiere war die Erste, die den Ernst der Lage erkannte. Sie sprang ins Becken und versuchte Jochen zu packen. Doch der schlug wild um sich. Als ihr endlich weitere Mitglieder des Teams zu Hilfe kamen, war Jochens Körper bereits erschlafft. Sie zogen ihn aus dem Wasser. Aber es war zu spät.

Der erfolgreiche Stararchitekt Jochen Hofer war tot.

Nicht ertrunken, sondern verstorben an einem anaphylaktischen Schock als Folge einer allergischen Reaktion.

Die Premiere fand eine Woche später statt. Schließlich ging das Leben weiter und die Vorstellungen waren auf Wochen hinaus ausgebucht. Heinrich in der Rolle des bösen Zauberers wurde der Liebling des Publikums und erhielt jeden Abend donnernden Szenenapplaus.

Das Patenkind

»Ich freue mich wirklich für euch beide.« Brigitte nahm zärtlich die Hand ihrer schwangeren Freundin Julia.

»Wenn du magst, kannst du ruhig deinen Kopf auf meinen Bauch legen. Ich glaube, es bewegt sich gerade«. Brigitte drückte ihr Ohr zaghaft an Julias Bauch, und ihre Augen füllten sich mit Tränen, die sie schnell weg wischte.

Sie saßen vor einem alten, romantischen Steinhaus. Ein knorriger Olivenbaum spendete wohltuenden Schatten. Vor ihnen lag der schön verwilderte Garten, geschützt durch eine niedrige, aus Naturstein gebaute Mauer. Exotische Blumen, dazwischen Gemüse, mehrere Zitronenbäume. Kleine Bananenstauden rundete das Bild ab. Eine smaragdgrüne Eidechse huschte vorüber, aufgeschreckt durch Rainers fröhliches Lachen. Julias Mann badete in dem zum Haus gehörigen Wasserreservoir.

»Manchmal mache ich mir Sorgen um dich.« Julia schaute der Freundin in die Augen.

»Warum denn das?« Sie griff nach einer Zigarette.

»Weißt du, ich glaube, dass du auch ganz gerne Kinder hättest, einen Mann und Familie eben. Ich habe Angst, dass du vielleicht traurig werden könntest, wenn das Baby erst einmal da ist, neidisch oder ... Ach, was weiß denn ich.«

»Quatsch.« Brigitte stand auf und lief nervös auf und ab.

»Du weißt doch ganz genau, dass ich gerne Single bin, nun schon seit Jahren. Und ein eigenes Kind – nein danke. Ich freue mich für dich und werde auch immer für dich und das Baby da sein, das weißt du. Aber ein eigenes? Nein, vielen Dank.« Sie setzte sich wieder.

»Ich hoffe, dass das Thema damit abgeschlossen ist.«

Rainer kam durch den Garten gelaufen und schüttelte sich wie ein nasser Hund.

»Na, ihr beiden, ich möchte ja nicht stören, aber wie wäre es mit einem kleinen Imbiss? Wir könnten zum Abschluss doch noch mal in die kleine Bar am Strand fahren. Ich lade euch zur Feier des Tages ein.«

»Super.« Julia erhob sich schwer aus dem Liegestuhl, Brigitte half ihr, und beide mussten kichern.« Ich fühle mich wie eine Tonne auf Beinen.«

»Aber eine sehr hübsche.« Rainer küsste sie auf die Wange.

»Schatz, jetzt verrate mir nur noch, was es denn zu feiern gibt?«

»Nun, ich habe die schönste Frau der Welt, bald ein wunderhübsches Baby, und wir sind befreundet mit der besten Babysitterin überhaupt.«

»Wie, meinst du etwa mich?« Brigitte knuffte ihn in den Arm.

»Ihr wisst, dass ihr euch auf mich verlassen könnt. Es ist fast so, als ob ich selber schwanger wäre, so freue ich mich mit euch.« Sie gab jedem einen Kuss.

»Gut, dann gehen wir. Aber das wird dich einiges kosten, Rainer.«

»Kein Problem, ich habe heute die Spendierhosen an.« Sie genossen den letzten Abend des gemeinsamen Urlaubs, freuten sich an dem Sonnenuntergang und tranken auf ihre Freundschaft.

Brigitte und Julia hatten schon während des Studiums in Tübingen Freundschaft geschlossen. Beide studierten Biologie. Danach trennten sich ihre Wege, aber sie verloren sich nie aus den Augen. Julia fand in Stuttgart eine Stelle bei einem Verlag, und Brigitte, die nach dem trockenen Studium etwas völlig anderes machen wollte, eröffnete mit ihrem Freund einen Antiquitätenladen in Konstanz. Oliver war ein echter Freak. Lange Haare, ungebildet aber charmant und sehr unternehmungslustig. Die beiden hatten sich auf einem Flohmarkt in Stuttgart kennen gelernt. Er verdiente sein Geld, indem er alte Möbel restaurierte. Brigitte fühlte sich von ihm so angezogen, dass sie alles, was mit dem Studium zu tun hatte, an den Nagel hing. Nach zehn Jahren entlarvte sich Oliver allerdings als regelmäßiger Fremdgeher, und sie trennte sich von ihm. Für Brigitte brach damals eine Welt zusammen. Julia, die inzwischen in

Stuttgart geheiratet hatte, überredete sie, sich doch wieder auf ihr abgeschlossenes Studium zu besinnen und verschaffte ihr einen Job in »ihrem« Verlag.

Schneller als gedacht fing sich Brigitte wieder, schlitterte durch mehrere Affären und genoss nun schon seit acht Jahren ein Leben ohne festen Partner aber mit eigenem Sportwagen und einer hübschen Dreizimmerwohnung mitten im Bohnenviertel, dem Künstlerviertel Stuttgarts.

Ihr Verhältnis zu Julias Mann war zwiespältig. Sie empfand ihn als Beigabe, auf die sie gut verzichten hätte können. Viel zu spießig und konservativ. Aber da er nun mal der Mann ihrer besten Freundin war, spielte sie ihre schauspielerischen Fähigkeiten aus und tat so, als ob sie ihn gut leiden könnte! Er hatte einen guten Job, und konnte sich ein Häuschen auf dem Killesberg leisten. Zwar nur zur Miete, aber immerhin!

Für Julia war die Schwangerschaft die Krönung ihres Glücks, und daran wollte sie ihre beste Freundin teilhaben lassen. Es war ihre Idee gewesen, gemeinsam einen Urlaub auf La Palma zu verbringen. Rainer wäre zwar lieber mit seiner Frau allein verreist, aber er wollte ihr diesen Wunsch nicht abschlagen. Julia wünschte sich selten genug etwas, und Schwangere befanden sich ja sowieso in einem Ausnahmezustand. Und wer wusste, wozu man Brigitte noch einspannen konnte, wenn das Baby erst einmal da war. So spielte auch Rainer das Spiel mit, und die zwei gemeinsamen Wochen gingen harmonisch über die Bühne.

Der Flughafen von Palma quoll über von Menschen, die Luft war unerträglich. Julia setzte sich mit Rainer in ein Café.

»Du kannst uns ruhig hier sitzen lassen, Brigitte, und dich umschauen. Der Flug geht doch erst in zwei Stunden. Mir ist nur nicht so gut, aber Rainer passt schon auf mich auf.« Sie griff nach seiner Hand.

»Okay, wenn du meinst, dann gehe ich eben noch in den Zeitschriftenladen. Kann ich wirklich nichts für dich tun?« Besorgt sah sie ihre Freundin an.

»Jetzt troll dich schon davon und schau nach interessanten Männern.« Rainer antwortete ungeduldig, und sie zog los.

»Das war jetzt aber nicht besonders nett von dir, Schatz.« Julia schaute ihn vorwurfsvoll an.

»Du weißt, ich mag Brigitte auch ganz gern, aber manchmal geht sie mir mit ihrer übertriebenen Fürsorge ziemlich auf den Wecker.« Er zündete sich eine Zigarette an.

»Du hast ja Recht, aber weißt du, so einfach hat sie es auch nicht, so allein ...«

»Jetzt hör aber mal auf. Sie ist doch überzeugt von ihrem Singleleben. Außerdem sieht sie gut aus, und ich kenne einige, die auf sie stehen. Aber wer nicht will, der hat schon!« Während die beiden die Zeit bis zum Rückflug im Café totschlugen, sah sich Brigitte im Zeitschriftenladen um.

»Entschuldigung, dass ich Sie anspreche. Aber waren Sie nicht vor zwei Wochen in dem Flieger aus

Stuttgart?« Überrascht schaute sie auf und blickte in zwei strahlend blaue Augen.

»Wie ich sehe, haben sie welche?« Der Mann deutete auf die Zeitschrift in ihrer Hand.

»Was meinen Sie?«

»Na, Kinder?« Erst jetzt wurde ihr bewusst, dass sie in einer Zeitschrift für Eltern blätterte.

»Nein, nein, zum Glück nicht.« Sie legte das Heft schnell zur Seite.

»Ja, ich bin vor zwei Wochen hergeflogen.«

»Wissen Sie, Sie fielen mir damals schon auf wegen ihres extravaganten Hutes. Darf ich Sie zu einem Drink einladen? Ich heiße Michael.« Er schaute sie aufmunternd an.

»Brigitte Sander.«

»Kommen Sie, hier auf dem Flughafengelände gibt es eine nette Bar.« Sie verließen den Zeitschriftenladen und steuerten auf das andere Ende der Halle zu. Von weitem sah sie schon Julia und Rainer winken.

»Sind das Freunde von Ihnen?«

»Meine besten. Darf ich vorstellen: Julia und Rainer – Michael, auch aus Stuttgart.« Sie setzten sich zu den beiden an den Tisch und jeder bestellte einen Café lettge.

»Gutaussehender Mann,« raunte ihr Julia ins Ohr. »Manchmal beneide ich dich richtig.«

Die Vier verstanden sich auf Anhieb und führten ein lebhaftes Gespräch, als der Flug aufgerufen wurde.

»Ja dann, Brigitte, es war nett, Sie kennen gelernt zu haben. Vielleicht sehen wir uns ja in Stuttgart mal wieder.« Die drei trennten sich von Michael und checkten ein.

»Ist hier noch frei?« Michael strahlte sie an. Überrascht blickte sie hoch.

»Ja, sicher. Einen Moment.« Nervös verstaute Brigitte die vielen Tüten, die sie achtlos auf den freien Platz neben sich geworfen hatte.

»Na, da hab ich aber Glück gehabt.«

Er setzte sich, und legte ihr den Sicherheitsgurt um.

Brigitte wurde es auf einmal ganz heiß. Der Typ brachte sie richtig durcheinander. Als sie nach vier Stunden in Stuttgart-Echterdingen landeten, hatte sie das Gefühl ihn schon ewig zu kennen.

Name: Michael Miller.

Alter: 53 (sah aber wesentlich jünger aus, fand sie).

Beruf: Dekorateur (er sagte »Schmücker«), selbständig, geschieden, zwei erwachsene Kinder, sehr gut aussehend, charmant. Segelboot am Bodensee. Wohnung in Stuttgart-Sonnenberg (super Wohngegend!), geht gern ins Kino und Theater und liebt Sushi wie sie. Irgendwie stimmte alles.

Bei der Ankunft tauschten sie noch schnell ihre Visitenkarten aus, und Brigitte stieg trotz des Regens mit einem Lächeln in den Shuttle. Am liebsten hätte sie sich gleich für den nächsten Abend mit ihm verabredet, aber sie wollte nicht aufdringlich wirken. Außerdem wartete zu Hause ein wichtiges Projekt: Sie hatte sich vorgenommen, für Julias Baby eine Wiege zu bauen, und das hatte Priorität. Männer konnten warten. Zudem musste sie Julia in der Redaktion vertreten, solange sie im Mutterschutz war. Es gab also eine Menge zu tun.

Während der folgenden Tage war Brigitte so beschäftigt, dass sie ganz vergaß, sich bei Julia zu melden. Voller Hingabe werkelte sie an der Wiege. Als abends das Telefon klingelte, schreckte sie hoch, so sehr war sie in ihre Arbeit vertieft.

»Sag mal, lebst du noch? Du hättest dich ruhig mal melden können! Ist irgend etwas passiert? Ich habe mir schon Sorgen gemacht.«

»Das mit den Sorgen lass mal lieber bleiben, das ist in deinem Zustand eh nicht gut. Nein, es ist nichts passiert.« Ihre Stimme klang ungeduldig.

»Also, ich merke doch, dass irgendwas nicht stimmt. Los, raus mit der Sprache. Ich bin deine beste Freundin.« Sie hörte, wie sich Brigitte eine Zigarette anzündete.

»Ich habe mich verliebt.«

»Ach, habe ich mir's doch gedacht. In diesen Michael?«

»Hm.« Eigentlich hatte sie keine große Lust, ausführlicher darüber zu reden.

»Komm, jetzt erzähl' doch schon und spanne mich nicht so auf die Folter.« Julia hatte sich schon immer sehr für Brigittes abwechslungsreiches Liebesleben interessiert.

»Also, wir waren neulich zusammen aus und, nun ja, sind bei ihm im Bett gelandet.« Sie bemühte sich um einen möglichst gelangweilten Tonfall.

»Und weiter? Jetzt lass dir doch nicht alles aus der Nase ziehen.« Julia wurde ungeduldig.

»Na ja, ich habe so ein Gefühl, dass er der Mann zum Heiraten sein könnte.«

»Nach einer Nacht? Du spinnst doch komplett!« Sie war fassungslos.

»Es waren schon mehrere.« Sie inhalierte tief den Rauch ihrer Zigarette.

»Und, ist er verheiratet, geschieden? Mein Gott, jetzt rede doch!« Am liebsten wäre sie augenblicklich zu ihr gefahren, um sie zu schütteln.

»Also gut, er ist geschieden, hat zwei Kinder, ein Segelboot, und wohnt hier in Stuttgart. Reicht das fürs erste? Bist du noch da?« Am anderen Ende war es ruhig geworden.

»Hm, er hat zwei Kinder?« Julias Stimme klang skeptisch.

»Was erwartest du denn? In dem Alter sind doch alle geschieden und haben Kinder, außerdem kümmert sich seine Frau um sie.« Brigittes Stimme klang sehr gereizt.

»Wie alt ist er denn?«

»Dreiundfünfzig«

»Also, ich hätte ihn jünger geschätzt. Aber Picasso hat ja noch mit siebzig welche gezeugt.« Julia wusste, dass dies ein heikles Thema war.

»Julia, lass den Mist. Das ist mir wurscht egal. Ich bin weiß Gott nicht scharf darauf, Kinder zu haben. Das weißt du genau. Und jetzt sei mir nicht böse, aber ich habe keine Zeit mehr. Dreimal darfst du raten, was ich gerade mache?« Sie wollte sich auf kein Streitgespräch mit Julia einlassen.

»Keine Ahnung. Die Fußnägel lackieren?«

»Quatsch, ich baue gerade eine ganz tolle Wiege für dein Baby. Sicher wird sich der Kleine pudelwohl darin fühlen.« Vor vier Wochen hatte ihr Julia die erste Ultraschallaufnahme gezeigt.

»Super, aber du kannst dir damit noch ein paar Wochen Zeit lassen.« Julia bemühte sich freundlich zu sein.

»Hast du eine Ahnung, was ich noch alles für das Würmchen machen will. Ich freue mich wirklich darauf.«

»Ich weiß doch.« Julia seufzte.

»Also, ich melde mich die Tage bei dir. Und wenn irgend etwas sein sollte, ruf' an.« Brigitte legte auf und widmete sich wieder ihrer Arbeit. Nach einigen Minuten klingelte es an der Tür. Michael.

»Hallo, meine Schöne.«. Er hielt einen Strauß weißer Lilien in der Hand.

»Ich hatte Sehnsucht nach dir. Allerdings kann einen die Parkplatzsuche hier im Viertel ganz schön abkühlen. Komme ich ungelegen?« Er schaute sie skeptisch an.

»Jetzt komm erst mal rein. Magst du einen Prosecco? Ich glaub, ich hab noch einen im Kühlschrank.«

»Gern.« Er folgte ihr in die Küche und legte seine Arme um sie, während sie die Flasche aus dem Kühlschrank holte.

Ein wohliges Gefühl breitete sich in ihrem Körper aus, als er ihren Nacken küsste.

»Hm, eigentlich eine sehr gemütliche Küche, findest du nicht auch?« hauchte er in ihr Ohr.

»Pass auf, der Tisch hat ziemlich scharfe Kanten. Du bist auch nicht mehr der Jüngste, Michael.«

»Aber Baby, wenn du wüsstest.« Brigitte lachte.

»Wenn du wüsstest, dass sie vielleicht gerade deinen Flitzer abschleppen.«

»Dass ist jetzt nicht so wichtig. Trink noch einen Schluck.« Er betupfte ihre Lippen mit Prosecco, knabberte an ihrem Ohrläppchen und bugsierte sie ins Schlafzimmer. Beim Sex spielte Brigitte gern' die Passive.

Dann sah sich Michael interessiert in ihrer Wohnung um. Im Arbeitszimmer entdeckte er die Wiege. »Für deine Freundin?«

»Selber gebaut, es fehlen nur noch der Himmel und die Räder.«

Sein Blick streifte das daneben stehende Bücherregal. Verwundert registrierte er die vielen Bücher über Geburt, Kindererziehung Babynahrung und Psychologie.

»Wofür hast du denn die Bücher? Ich denke, du willst keine Kinder? Oder hast du doch welche?« Er betrachtete sie argwöhnisch.

»Keine Angst, ich hab nicht fünf Kinder im Keller versteckt.« Brigitte reichte ihm sein Glas und küsste ihn.

»Und wofür dann die Bücher?«

»Jetzt hör doch mal auf.« Ärgerlich stellte sie das Glas ab.

»Ich freue mich eben für Julia, und weil Rainer viel unterwegs ist, werde ich mich häufiger um sie und das Baby kümmern. Das habe ich ihr versprochen, und dafür sind die Bücher.« Ihre Stimme war schärfer geworden. Michael ignorierte es.

»Wenn du magst, können wir uns morgen mit den beiden treffen. Rainer hat ein paar Mal nach dir gefragt und vorgeschlagen, mal zusammen in die Weinstube Vetter zu gehen. Hast du Lust? Dann reserviere ich einen Tisch.« Sie war froh, das Thema zu wechseln.

»Mach das! Ich fand die beiden auch ganz sympathisch.«

»Weißt du, Rainer ist zwar etwas spießig, aber sonst ganz in Ordnung. Er braucht immer eine Weile bis er auftaut. Nicht so wie du.« Sie küsste ihn wieder.

»Und jetzt werfe ich dich raus, ich muss heute unbedingt noch an der Wiege weiter machen.«

»Ist schon gut, mach dir um mich keine Gedanken. Ich hole dich dann morgen um acht ab. War sehr nett mit Ihnen, Fräulein.« Er mochte unkomplizierte Frauen.

Die beiden Männer, so unterschiedlich sie auch waren, wurden richtige Kumpel. Die beiden Frauen bereiteten sich regelmäßig auf die Geburt vor. Rainer und Michael fühlten sich dadurch ausgeschlossen und zogen bald gemeinsam durch die Kneipen.

Die Wehen setzten fünf Wochen zu früh ein. Gerade, als Brigitte bei Julia das Kinderzimmer umarrangierte. Rainer hatte es genau nach einem von ihm persönlich entworfenem Plan eingerichtet. Sehr konventionell und für Brigittes Geschmack auch recht phantasielos.

»Ich glaube, es ist so weit. Ruf' bitte Rainer an. Mach schnell, mir wird schon ganz komisch.«

Brigitte verfrachtete ihre Freundin sofort ins Auto, schnappte sich das vorbereitete Köfferchen, und los ging es in Richtung Frauenklinik.

»Keine Sorge, das kriegen wir schon hin.« Julia, saß ängstlich auf der Rückbank.

»Brigitte, hast du Rainer erreicht?«

»Sein Handy ist abgestellt. Wenn man die Männer mal braucht sind sie nicht da. Aber wir kommen auch ohne sie klar, oder Süße?« Julia wischte sich einige Tränen von der Wange.

»Ich will aber, dass er dabei ist. Hast du gehört?« Brigitte schwieg.

Nach zehn Minuten hielten sie vor der Klinik. Brigitte hatte sie vorher an der Pforte telefonisch angekündigt, so dass alles vorbereitet war. Die Geburt ging ohne Komplikationen über die Bühne. Nach drei Stunden war Max auf der Welt. Fünf Wochen zu früh. Brigitte hatte während der ganzen Geburt Julias Hand gehalten. Rainer kam zu spät. Zerknirscht setzte er sich zu Julia. Als er den Kleinen vorsichtig streichelte, bekam er wässrige Augen.

»Ich wollte doch dabei sein, verstehst du das nicht?« Er warf Brigitte einen bösen Blick zu.

»Was habt ihr euch dabei gedacht? Für was gibt es Handys? Ich bin nach Hause gekommen und finde nur einen schäbigen Zettel.« Julia drückte fest seine Hand.

»Brigitte hat doch versucht, dich zu erreichen. Dein Handy war aus, und dann ging alles so schnell. Fünf Wochen zu früh! Es tut mir so leid!« Sie streichelt erst ihn, dann das Kind.

»Ist ja gut, Liebes. Hauptsache ist doch, dass es dir und dem Kleinen gut geht. Jetzt lass mich ihn mal genau anschauen.« Rainer war sich ziemlich sicher, dass er das Handy nicht abgestellt hatte, aber er schwieg. Der Zeitpunkt, Brigitte mal gehörig die Meinung zu sagen, schien jetzt äußerst ungünstig.

Brigitte hielt sich mit schlechtem Gewissen im Hintergrund. Klar wollte sie Rainer bei der Geburt nicht dabei haben, aber das musste sie Julia ja nicht unbedingt unter die Nase reiben. »Ich lass euch dann mal lieber alleine. Wenn du Hilfe brauchst, ruf' mich an.« Zärtlich schaute Brigitte den kleinen Max an. »Wir haben jetzt einen kleinen Jungen.«

Rainer platzte endgültig der Kragen. Er stand auf, am liebsten hätte er sie durchgeschüttelt.

»Verdammt noch mal, es ist nicht dein Kind, kapier das endlich!« Brigitte sah ihn verständnislos an und verließ schweigend das Zimmer.

Nach einer Woche wurde Julia mit Max aus der Klinik entlassen. Da Rainer eine Besprechung hatte, war es wieder Brigitte, von der die beiden nach Hause gebracht wurden. Als sie das Kinderzimmer betraten, stellte Brigitte erstaunt fest, dass alle Möbel wieder an ihrem alten Platz standen.

»Vorher sah es aber hübscher aus. Findest du nicht?« Sie verfluchte ihn leise.

»Rainer war ganz schön sauer auf dich, auf mich auch. Es sollte alles perfekt sein. Es ist nun mal seine Art. Du kennst ihn doch.«

»Und ob! Hoffentlich kommt Max nicht nach ihm, ohne ein Fünkchen Phantasie.«

»Was soll das denn jetzt, ich dachte ihr versteht euch?« Julia zupfte nervös an Maxens Bettchen.

»Ist schon gut, Süße. Ich hab's nicht so gemeint. Gib mir mal Maxi. Dann kannst du dich frisch machen, und ich füttere ihn.«

»Max wird gestillt!«

»Oh, dass hab ich ganz vergessen, sorry.« Sie schaute auf die Uhr.

»Ich habe auch noch einen Termin, hatte ich ganz vergessen. Ich muss leider sofort los.«

»Ich dachte, du hast dir heute frei genommen?« Julia war enttäuscht.

»Wir sehen uns dann morgen. Ja?« Brigitte hatte es auf einmal sehr eilig, sich von den beiden zu verabschieden.

Lustlos fuhr sie in die Redaktion. Obwohl durch das offene Fenster das Zwitschern der Vögel klang, war sie traurig. Immer wieder fiel ihr Blick auf das erste Bild von Max, eine Ultraschallaufnahme. Es stand neben einer Vase mit Moosröschen auf ihrem Schreibtisch. Nachdenklich schaltete sie ihren Computer an und stöberte im Internet nach »Babyseiten«. Eine Seite weckte ihre Aufmerksamkeit: Babyschwimmen. Genau, der Kleine musste ganz schnell schwimmen lernen. Sie selber hatte auch bereits in den ersten Lebensjahren Schwimmen gelernt. Sie druckte alles aus, was sie fand. Das Hallenbad in Sonnenberg bot regelmäßig Kurse an. Ihre Stimmung wurde besser, und am darauf folgenden Abend besuchte sie Julia um sie für ihre Idee zu begeistern.

»Schau mal, Süße, je eher er schwimmen lernt, um so besser. Babys haben keine Angst vor Wasser. Ich könnte einmal in der Woche mit ihm zu diesem Kurs gehen, und du hättest einen freien Vormittag. Na, was hältst du davon?« Julia zögerte.

»Also, ich weiß nicht so recht, das muss ich wirklich mit Rainer bereden.«

Rainer sah Brigittes Auto vor dem Haus und betrat genervt das Wohnzimmer.

»Na, haben sie dir die Wohnung gekündigt?« Sie begriff nicht gleich.

»Wie meinst du das?« Er antwortete nicht und gab Julia einen Kuss auf die Stirn.

»Was macht der Kleine?«

»Er schläft ganz ruhig. Du, Schatz, Brigitte hat eine tolle Idee. Sie will mit Max zum Babyschwimmen. Wenn ich daran denke, wie schwer sich manche Kinder damit tun. Hast du nicht auch erzählt, dass du erst mit vierzehn mühselig schwimmen gelernt hast?«

»Babyschwimmen? So ein Quatsch! Demnächst nimmt sie Max noch mit in ihren Jogakurs.« Rainers Stimme wurde scharf.

»Nicht zum Yoga, aber vielleicht zur Babymassage.« Brigitte sah ihn abfällig an. »Du hast überhaupt keine Ahnung!«

»Sie meint es doch nur gut.« Julia schaute ihn mit ihren großen braunen Augen ängstlich an.

»Ich kann dir ganz genau sagen, was los ist. Mir geht es gewaltig gegen den Strich, dass die immer hier ist,« er deutete auf Brigitte«, wenn ich nach Hause komme. Du hängst hier rum, egal zu welcher Zeit. Ich bin mit Julia verheiratet, und nicht mit euch beiden, und Max ist nicht dein Kind, dass müsstest du endlich mal kapieren! Wo ist er denn eigentlich?«

»Er schläft, hab ich doch schon gesagt.« Julia saß mit angezogenen Beinen auf dem Sofa und sah verschreckt zu Brigitte.

»So, Rainer bist du jetzt fertig? Du spielst dich hier auf wie ein gekränkter Gockel. Dabei will ich euch doch nur helfen. Julia, ich gehe jetzt. Es tut mir leid. Wenn du meine Hilfe brauchst, ruf' mich an.« Sie nahm ihre Jacke. In der Tür drehte sie sich noch einmal um.

»Übrigens, das Babyschwimmen findet immer Dienstag um zehn statt, falls ihr es euch noch anders überlegt.« Julia weinte.

»Warum hast du das getan? Sie ist meine beste Freundin und die Patentante von Max. Immer machst du alles kaputt. Sie hat sich so lieb gekümmert, und Max mag sie auch gern. Was ist denn nur in dich gefahren? Ich versteh' dich nicht, ich versteh' gar nichts mehr.« Sie schluchzte.

»Liebling.« Rainer setzte sich neben sie. »Ich meine es doch nur gut. Merkst du denn nicht, wie sich Brigitte verändert hat? Wie übertrieben ihre Fürsorge ist? Michael hat mir erzählt, dass sie, wenn sie mit dem Kinderwagen unterwegs ist, wildfremden Menschen erzählt, Max sei ihr Sohn. Das ist doch Wahnsinn! Wenn sie Kinder so gern hat, dann soll sie sich doch, verdammt noch mal, selbst eins anschaffen.« Er sprang echauffiert auf.

»Rainer, jetzt halt aber mal den Mund. Du hast doch überhaupt keine Ahnung wie mein Leben gerade aussieht. Meistens bist du doch unterwegs. Nichts bekommst du mit. Ich finde es sehr lieb, wie sie sich um mich kümmert. Wen habe ich denn sonst? Du hast wirklich keine Ahnung, und Max ist dir doch ganz egal.«

»Jetzt fängst du also auch noch an zu spinnen. Sie hat einen ganz schlechten Einfluss auf dich, das sage ich dir.« Er sprang auf.

»Wo willst du denn hin?«

»Mir reicht's! Ich brauche frische Luft.«

Julia hörte wie die Haustür ins Schloss fiel. Max fing an zu weinen.

Brigitte lief unruhig in ihrem Wohnzimmer auf und ab. Was bildete sich dieser Typ eigentlich ein? Seinen Wutausbruch konnte sie wirklich nicht verstehen. Immerhin war sie die Patentante, da musste sie sich doch um den Jungen kümmern! Ihr fiel der Satz ein, den sie beim Notar unterschrieben hatte: »Im Falle des Ablebens beider Elternteile übernimmt Brigitte Sander das Sorgerecht für das Kind.« Wie oft ging ihr dieser Satz vor dem Einschlafen im Kopf herum. Beim Ableben. Sie trank noch ein Glas Wein. Der sollte sich bloß nicht so anstellen ...

Ihre Gedanken wurden vom Klingeln des Telefons unterbrochen. Es war Julia. Mit tränenerstickter Stimme.

»Mein Gott, Julia, jetzt beruhige dich doch. Du kannst doch nichts dafür! Wahrscheinlich hat Rainer Ärger im Job oder was weiß ich. Der wird sich schon wieder beruhigen.« Brigitte verzog das Gesicht.

»Vielleicht hast du Recht, aber was soll ich denn jetzt machen? Es ist schon eins, und er ist immer noch nicht zurück.« Sie war verzweifelt.

»Der wird mit Michael einen trinken gegangen sein und sich bei ihm ausheulen. Der taucht schon wieder auf.« Schon immer war er in ihren Augen ein ziemliches Weichei gewesen.

»Aber er ist mit dem Auto losgefahren. Das macht er sonst nie, wenn er was trinkt!«

»Jetzt mach dich mal nicht verrückt! Trink ein Glas Rotwein und pack' dich ins Bett. Wir sprechen uns dann morgen wieder. Okay?« Julia schluchzte in die Leitung.

»Ich kann jetzt nicht schlafen.«

»Wenn du willst, kannst du mit Max zu mir kommen. Meine Wohnung ist groß genug. Ich bin jeder Zeit für dich da. Das weißt du ja, oder?«

»Ich weiß, auf dich kann ich mich verlassen. Danke. Aber ich glaube, ich warte lieber auf Rainer!«

»Gut, dann leg' jetzt auf.« Brigitte beendete das Gespräch mit einem seltsamen Gefühl. Es war nicht Mitleid mit Julia, sondern etwas anderes.

Brigittes Verhältnis zu Rainer war mehr als abgekühlt, und auch ihre Rendezvous mit Michael wurden weniger. Da sie die meiste Zeit mit dem kleinen Max verbringen wollte. Michael wurde auf den kleinen Gast eifersüchtig.

Dass er die beiden dann bei einem Spaziergang im Killesberg-Park traf, nachdem Brigitte kurz zuvor eine Verabredung mit ihm abgesagt hatte, kränkte ihn sehr.

»Du weißt, dass ich dich sehr gerne mag, aber mit diesem Kindergetue übertreibst du wirklich etwas. Du tust ja nichts anderes mehr, als dich um Max zu kümmern. Und du willst keine eigenen Kinder? Du machst dir doch was vor. Wahrscheinlich belügst du dich schon dein Leben lang.« Als sie ihn nur schweigend ansah, wurde er wütend.

»Wahrscheinlich würde dir ein Besuch bei einem Therapeuten nicht schaden!« Brigitte betrachtete den Kleinen, der friedlich in seinem Kinderwagen schlief. Dann sah sie Michael kalt an.

»Und weißt du was? Lass mich doch ganz einfach in Ruhe. Du gehst mir auf die Nerven. Ihr alle geht mir auf die Nerven!« Damit schob sie den Kinderwagen an ihm vorbei. Michael rührte sich nicht.

»Wenn das so ist, siehst du mich nicht wieder! Aber denk' mal darüber nach, was ich dir gesagt habe.« Er drehte sich um und ging. Brigitte beugte sich über den Wagen.

»So mein, Kleiner, das hätten wir auch hinter uns gebracht. Endlich ist der böse Onkel fort.« Als sie den Kinderwagen an dem kleinen Flamingoteich vorüber schob, lächelte sie zufrieden vor sich hin.

Wenn Rainer geschäftlich unterwegs war, übernachtete Brigitte häufig bei Julia. Rainer erfuhr davon nichts, und Julia war sehr dankbar über die Fürsorge, die ihr Brigitte entgegenbrachte. Sie genoss es, dadurch etwas mehr Zeit für sich zu haben. Einige Monate lief alles ganz gut, bis Rainer eines abends, früher als erwartet, nach Hause kam. Im Wohnzimmer hockte Brigitte mit dem schlafenden Max auf dem Arm und schaute Fernsehen. Julia saß mit einem Buch im Sessel und las. Rainer explodierte.

»Du bist nicht die Mutter, verdammt noch mal! Das da ist seine Mutter!« Er riss Brigitte den Jungen förmlich aus dem Arm.

»Ich verbiete dir, diese Verrückte noch einmal an unser Kind zu lassen!« Wütend drückte er seiner Frau den Jungen in den Schoß. Julia schossen die Tränen in die Augen.

»Du wolltest doch unbedingt ein Kind – jetzt kümmere dich auch darum!« Julia fühlte sich, als habe man ihr einen Eimer Eiswasser über den Kopf gegossen.

»Habe ich das gerade richtig verstanden? Du wolltest gar kein Kind?«

Rainer war zu aufgebracht, um jetzt einen Rückzieher zu machen.

»Genau. Du hast mich doch dazu gedrängt!«

»Das sagst du nur, um mich zu kränken.« Julias Stimme hatte etwas Flehendes.

»Wenn du meinst.« Das Baby fing an zu weinen.

»Ich glaube, es wäre besser, wenn du jetzt gehst, Rainer« Brigitte mischte sich ein. Er starrte sie hasserfüllt an.

»Das ist zwar immer noch meine Wohnung, aber genau das hatte ich vor!« Er stürmte aus dem Zimmer, und die Haustür fiel krachend ins Schloss. Julia brach in Tränen aus. Brigitte nahm sie in den Arm.

»Wir packen jetzt ein paar Sachen von dir, und ihr beide kommt erst mal mit zu mir.«

»Aber das kann ich doch nicht machen,« schluchzte Julia.

»Willst du hier etwa auf ihn warten? Der Mistkerl hat dich und den Kleinen doch gar nicht verdient.«

Wütend fuhr Rainer in die Stadt, stellte sein Auto im Halteverbot ab und ging in Michaels Stammkneipe. Über Gefühle zu reden war zwar nicht seine Art, aber heute hoffte er, dass Michael da wäre. Er hatte Glück. Das »Basta« war unter der Woche nie sehr voll. Michael stand am Tresen und hatte ein Glas Rotwein in der Hand.

»Na, geht dir das Babygeschrei zu Hause auf die Nerven?« begrüßte er Rainer grinsend.

»Mach du nur dumme Sprüche.« Er bestellte sich einen Trollinger.

»Deine Brigitte ist total irre.«

»Sie ist nicht meine Brigitte, sondern die von eurem Sohn,« erwiderte Michael säuerlich.

»Da hast du den Nagel auf den Kopf getroffen. Darauf trinken wir.«

Als Rainer einige Stunden später nach Hause kam, legte er sich im Wohnzimmer aufs Sofa und schlief sofort ein.

Am Morgen, wachte er mit einem dicken Kopf und verrenktem Hals auf. Augenblicklich stellte er fest, dass

Julia und Max nicht da waren. Da er verschlafen hatte und spät dran war, zerbrach er sich nicht weiter den Kopf darüber. Eilig fuhr Rainer ins Büro. Seine Sekretärin reichte ihm eine Tasse Kaffe und informierte ihn, dass eine außerplanmäßige Konferenz angesetzt worden war.

»So ein Mist, gerade heute. Irgendwelche Anrufe?« Die Besprechung hatte schon angefangen.

»Bis jetzt nicht.« Sie sah ihm an, dass etwas nicht stimmte.

»Ist Ihnen nicht gut?«

»Nein, nein, alles in Ordnung, Frau Zeller. Aber wenn meine Frau anruft, stellen sie bitte sofort durch.« Er nahm seine Unterlagen und betrat das Konferenzzimmer.

Müde, verkatert und mit einem schlechten Gewissen war er nicht in der Lage, sich zu konzentrieren. Er war froh, als er an diesem Abend endlich das Büro verlassen konnte.

Julia und Max waren noch nicht da. Dafür aber ein Zettel, auf dem seine Frau ihm mitteilte, dass sie für ein paar Tage zu ihrer Freundin gezogen war. Rainer kochte vor Wut, hielt es aber für klüger, sie erst mal in Ruhe zu lassen.

Nach zwei Tagen hielt er es aber nicht mehr aus und rief bei Brigitte an. Obwohl es eigentlich nicht seine Art war, sich zu entschuldigen, wollte er Julia um Verzeihung bitten.

Brigitte war glücklich, Max und Julia bei sich zu haben. Der Kleine fühlte sich in der Wiege, die sie für ihn gebaut hatte, pudelwohl. Julia wurde mit Schokolade, Rotwein und Baldrian beruhigt. Rainers Anruf wimmelte sie gekonnt ab und verschwieg ihn. Um Julia davon abzuhalten zu Hause anzurufen erfand sie geschickt einige Lügenstorys über ihn. Julia schöpfte keinen Verdacht – zu sehr war sie von den bösen Worten ihres Mannes getroffen.

Nach einer Woche fing Julia an sich zu bemitleiden. Selbstzweifel quälten sie.

»Brigitte, was soll ich denn jetzt machen, ich kann doch nicht einfach so tun, als ob nichts geschehen ist? Wir sind doch eine Familie, er, ich und Max.« Sie weinte.

Brigitte liebte es hoch zu pokern. Sie setzte sich neben sie und nahm sie in den Arm.

»Meine Süße, ich muss dir jetzt leider etwas sagen. Ich weiß nicht, ob es der richtige Augenblick ist, aber ich bin der Meinung, dass du es erfahren musst, bevor du noch länger blind durch die Gegend läufst.«

»Was meinst du denn, ist irgend etwas passiert? Jetzt sag schon.«

»Dein Mann hat eine Freundin.«

»Das glaube ich nicht.« Julia sah sie entgeistert an.

»Ich habe ihn neulich in der Stadt gesehen. Es schien, als ob sie sich schon länger kennen ... Du musst den Tatsachen ins Auge sehen.«

»Das kann nicht sein. Das hätte ich doch gemerkt!«

»Du wärst nicht die erste, die aus allen Wolken fällt.« Sie nahm Julias Hände. »Jetzt müssen wir gemeinsam ganz genau überlegen, was zu tun ist.« Brigitte musste sich zusammenreißen, um ihren Triumph zu verbergen. Sie war glücklich.

Dass Julia im Moment nicht mit ihm sprechen wollte, verstand er ja irgendwie, und dass sie sich erst einmal beruhigen musste, begriff Rainer. Aber als er nach über einer Woche immer noch nichts von ihr gehört hatte, versuchte er, sie erneut anzurufen. Beunruhigt hatte er hören müssen, dass sich Brigittes Nummer geändert hatte. Sie besaß nun eine Geheimnummer, und an ihr Handy ging sie anscheinend nicht. Julia hatte ihr eigenes bei ihrem überstürzten Aufbruch in der Wohnung zurück gelassen.

Auf dem Weg kaufte er in der Markthalle einen großen Blumenstrauß bei dem teuersten Floristen der Stadt. Beunruhigt fuhr er zu Brigittes Wohnung. Mehrmals drückte er auf den Klingelknopf, aber es tat sich nichts. Da stand er nun und fühlte sich wie ein sitzen gelassener Liebhaber. Nach zehn Minuten hatte er genug. Den teuren Strauß einfach vor die Tür zu legen, brachte er nicht über sich. Er hatte immerhin dreißig Euro gekostet.

Er ging in das nahegelegene »Basta«, bat den Kellner um einen Krug Wasser für seine Blumen und bestellte einen Whisky. Er leerte das Glas in einem Zug und bestellte sofort ein neues.

»Bringen Sie gleich zwei.« Verwundert wandte er sich um. Hinter ihm stand Michael. Er klopfte ihm kameradschaftlich auf die Schulter.

»Na, immer noch Ärger mit deiner Frau?« Er sah Rainers trübe Miene.

»Alles klar, ich seh's schon.« Michael bestellte noch zwei. Rainer kippte den Whisky runter und erzählte. Michael hörte geduldig zu. Schließlich verstummte Rainer.

»Und du bist sicher, dass sie bei Brigitte ist?,« Rainer nickte. »Und du meinst, Brigitte ist die treibende Kraft?«

»Klar ist sie das. Ich weiß ja, dass ich mich saublöd verhalten habe. Aber es war wirklich so, dass in erster Linie Julia das Kind wollte. Mir war es noch zu früh. Jetzt ist das natürlich anders. Um nichts auf der Welt würde ich auf Max verzichten wollen. Aber dass sich Brigitte als seine Mutter aufspielte – da ist mir halt der Kragen geplatzt.« Er bedeutete den Kellnern, ihnen noch zwei einzuschenken.

»Bist du mal vorbeigefahren?«

»Wo?«

»Na, bei Brigitte.«

»Klar, ich war eben da, aber es macht niemand auf.« Wieder leerte er sein Glas auf ex. Michael sah ihn besorgt an.

»Saufen hilft da auch nicht. Du wirst die Sache schon wieder einrenken. Schließlich habt ihr euren Jungen.«

»Der? Der hat doch jetzt zwei Mütter.« Rainer fing schon an zu lallen. Michael legte ein paar Geldscheine auf die Bar.

»Ich glaube, ich bringe dich jetzt lieber nach Hause. Und morgen fällt dir bestimmt ein, wie du mit deiner Frau wieder Frieden schließen kannst.« Er bugsierte, Rainer der etwas unsicher auf den Füßen war, aus der Kneipe in Richtung Taxistand.

»Ich hab die Blumen vergessen.« Plötzlich wollte Rainer nicht weiter.

»Was denn für Blumen?«

»Na, für Julia. Die kriegt morgen meine Mutter.«

»Deine Mutter?«

»Ich muss noch mal zurück.« Er riss sich los und torkelte zurück zum Lokal, stolperte über die Bordsteinkante und landete, eh Michael zupacken konnte, hart auf dem Pflaster.

Michael half ihm auf die Beine. Rainer stöhnte auf, als sein Freund ihn am Arm fasste.

Er schaute Michael dümmlich an.

»Oh Mann. Auch das noch.« Michael seufzte. »Komm ich setz' dich jetzt in ein Taxi, und morgen früh gehst du zum Arzt.«

»Aber die schönen Blumen.«

Michael protestierte. »Mensch Rainer, jetzt vergiss endlich die dämlichen Blumen!«

»Ich verstehe nicht, weshalb er sich nicht meldet. Meinst du, er macht sich überhaupt keine Sorgen um mich und Max? Ich rufe ihn jetzt an.«

»Das tust du nicht.« Brigitte nahm Julia den Hörer aus der Hand.

»Du wirst doch diesem Mistkerl nicht noch hinterher rennen. Wahrscheinlich vergnügt er sich gerade mit seiner neuen Freundin.«

»Ich will es aber von ihm selbst hören!« Sie riss ihr den Hörer wieder aus der Hand.

»Julia, ich will dir doch nur helfen. Meinst du denn, er gäbe es zu? Und dass er sich noch nicht gemeldet hat, spricht doch Bände.«

Ein paar Tage später traf Brigitte beim Einkaufen zufällig Michael.

Er sah sie feindselig an.

»Na, wie fühlst du dich als Mutter? Kidnapping nennt man das glaube ich!«

»Was redest du denn für einen Quatsch. Irgend jemand muss sich doch um sie kümmern. Wo sollen die beiden den hin?« Entrüstet wollte Brigitte ihn stehen lassen und weiter gehen. Aber er hielt sie am Arm fest.

»Ich weiß nicht, was du im Schilde führst, aber irgendwas stimmt da nicht! Rainer hat mir erzählt, dass es unmöglich ist, dich oder seine Frau zu erreichen. Ihm tut das alles schrecklich leid, und er würde gerne mit Julia darüber reden. Aber du hast anscheinend dein Telefon abgemeldet.«

»So ein Unsinn! Vielleicht ist der Anschluss gestört, das könnte natürlich sein. Außerdem ist Julia sehr gekränkt, sie will mit ihm nichts zu tun haben und nicht mehr mit ihm reden. Dass dieses Schwein sie betrügt und das wahrscheinlich schon seit ihrer Schwangerschaft! Wahrscheinlich fand er Julia als Schwangere nicht mehr attraktiv genug. Wäre nicht der erste Fall.« Brigitte riss sich los und wollte gehen.

»Bist du total übergeschnappt? Wenn Rainer eine Freundin hätte, wüsste ich das. Wir ziehen doch andauernd gemeinsam um die Häuser. Er ist verzweifelt, und er trinkt zu viel. Aber eine Freundin hat er bestimmt nicht.« Er sah sie wütend an.

»Du bist also auch auf ihn reingefallen! Na ja, Männer merken sowieso nie was.« Er war nah dran, ihr eine Ohrfeige zu verpassen.

»Du bist doch total durchgeknallt. Ein Psychologe hätte seine wahre Freude an dir.« Brigitte lächelte ihn kühl an.

»Ich muss jetzt gehen. Und deinem lieben Freund kannst du einen herzlichen Gruß von uns bestellen, und er kann uns mal.« Sie ging schnell davon, Michael schaute ihr angewidert nach.

Zuhause angekommen saß Julia gedankenverloren vor dem Telefon.

»Da kannst du lange warten. Ich habe ihn gerade mit der anderen in der Stadt gesehen. Fast wäre ich hingegangen und hätte ihm eine gescheuert.«

»Hast du mit ihm gesprochen?« Julia sah sie mit wässrigen Augen an.

»Ich sage dir, der ist froh, dass er dich los ist, dich und das Kind. Weißt du was? Wir suchen uns gemeinsam eine schöne große Wohnung. Ich kann meinen Job auch von zu Hause machen, dann kann ich immer für Max da sein, und du gehst wieder halbtags arbeiten. Wir können uns doch zu dritt ein schönes Leben machen – ohne Männer.« Sie nahm Julia in den Arm.

»Ist das nicht eine gute Idee? Wir machen es uns zu dritt so richtig gemütlich.« Julia, nickte schweigend.

Rainer ließ sich immer mehr gehen, nahm Urlaub und betrank sich fast jeden Abend. Daß Brigitte seiner Frau offensichtlich einredete, er habe eine Affäre, wie er von Michael erfuhr, regte seine Kampfeslust nur noch so lange an, bis er die nächsten zwei Whisky intus hatte.

»Ich wusste, dass Brigitte ein Miststück ist. Das lasse ich nicht auf mir sitzen. Meine Frau habe ich nie betrogen.« Dann rutschte er wieder in sein Selbstmitleid zurück.

»Ach, was soll's. Habe eh von allem die Schnauze voll.« Er kippte noch einen. Michael bemerkte, dass irgendetwas mit Rainers Arm nicht in Ordnung war.

»Was ist mit deinem Arm?« Michael beobachtete, dass er ihn kaum bewegen konnte.

»Ist das noch von dem Sturz?«

»Ja, tut immer noch etwas weh, aber was soll's?«

»Warst du denn nicht beim Arzt?«

»Mein lieber Freund,« er legte den gesunden Arm um Michaels Schulter, »mein lieber Freund, ich danke dir für deine Fürsorge, aber ...« Weiter kam er nicht. Er brach neben seinem Freund zusammen.

Im Krankenhaus stellten die Ärzte Herzstillstand infolge einer Lungenembolie fest. Auf Grund des Sturzes war ein Blutgerinnsel entstanden und nicht bemerkt worden.

Da Brigitte eine neue Telefonnummer besaß und zwischen die Wohnungsklingel Pappe geklemmt hatte, erfuhr Julia erst einige Tage später von Rainers Tod.

Es war Michael der ihr die Nachricht überbrachte. Er passte sie vor der Haustür ab, als sie mit Max einkaufen gehen wollte. Ausnahmsweise war Brigitte mal nicht dabei.

Fassungslos ließ sie sich auf den Bürgersteig sinken. Michael setzte sich neben sie.

»Rainer war ziemlich verzweifelt. Es tat ihm sehr leid. Er hat mehrmals versucht mit dir Kontakt aufzunehmen. Er wollte doch nur das Beste für dich und das Kind. Er hat euch geliebt.«

»Und was ist mit der anderen?«

»Es gab keine andere.«

»Jetzt nimm ihn doch nicht in Schutz. Brigitte hat sie mehrmals gesehen. Das muss schon angefangen haben, als ich schwanger war.« Sie schlug beschämt die Hände vors Gesicht.

»Das ist doch alles erfunden! Deine Freundin ist krank. Merkst du das denn nicht?« Michael bemühte sich, nicht loszubrüllen. Die Naivität Julias brachte ihn innerlich zum Kochen.

»Und warum hat er sich dann nicht gemeldet?«

»Hat er doch versucht, aber Brigitte hat sich eine neue Nummer geben lassen.«

»Und warum ist er nicht vorbei gekommen?« Plötzlich packte sie Michaels Arm. Sie schien erst jetzt zu begreifen, dass ihr Mann tot war.

»Tot? Das kann doch nicht sein?« Als ob Max die Verzweiflung seiner Mutter spürte, fing er fürchterlich an zu weinen. Michael schaukelte sanft den Wagen.

»Julia, ich verstehe das alles ehrlich gesagt auch nicht. Aber ich gebe dir den guten Ratschlag, dich von Brigitte fern zu halten. Irgendwas stimmt mit der nicht!« Er half ihr auf die Beine. »Sie ist kein guter Umgang für ihn.« Er streichelte Max, der sich wieder beruhigt hatte.

»Es ist dein Kind, Julia, vergiss das nicht.«

»Was soll ich denn jetzt machen? Ich hab doch sonst niemanden.«

»Wenn du magst, kümmere ich mich erst einmal um alles, und du ziehst mit Max wieder in euer Haus.« Stumm ließ sie sich von ihm hinauf in die Wohnung bringen.

»Wir suchen jetzt deine Sachen zusammen, und ich fahre euch nach Hause.«

»Das kann ich nicht.«

»Du musst!«

Sie wollten gerade die Wohnung verlassen, da kam Brigitte nach Hause.

»Was ist denn hier los? Was willst du hier?« Sie funkelte Michael böse an.

»Ich muss mit dir reden, Brigitte!« Michael zog sie in die Küche. Julia blieb mit Max auf dem Arm wie angewurzelt im Flur stehen. Aus der Küche hörte sie Brigittes aufgebrachte Stimme, dazwischen Michaels und das Scheppern zerschlagenen Geschirrs. Michael stürmte aus der Küche und packte Julia am Arm.

»Komm lass uns gehen. Deine Freundin ist am Durchdrehen. Komm schon!«

»Lass sie sofort los.« Brigitte stellte sich mit hochrotem Kopf zwischen die beiden und wandte sich an Julia.

»Ich weiß nicht, was er dir für Schauermärchen erzählt hat. Es tut mir leid, dass Rainer tot ist. Aber alles andere ist erstunken und erlogen. Rainer hat niemals versucht, dich hier zu erreichen. Und ich hab ihn mit dieser Frau gesehen! Der deckt doch seinen Freund.« Verächtlich schaute sie zu Michael.

»Wer ist denn Schuld an Rainers Tod? Der doch. Er war es doch, der ihn zum Saufen verleitet hat. Er war es doch, der nicht auf ihn aufgepasst hat. Er war es doch, der ihn gedeckt hat. Schau ihn dir doch an.« Sie deutete auf Michael, dem es die Sprache verschlagen hatte.

»Ein schöner Freund. Und dem willst du glauben? Na danke. Und wer soll sich um dich und den Kleinen kümmern? Etwa dieser Blutsauger? Ich habe es immer nur gut mit dir und Max gemeint, das weißt du doch? Oder glaubst du dem etwa mehr als mir? Ich bin deine Freundin!« Michael war fassungslos.

»Julia, du musst dich entscheiden. Bleibst du bei dieser Psychopatin oder kommt ihr mit mir?« Ihre Blicke wanderten hilfesuchend von einem zum anderen. Wem sollte sie nun glauben? Sie zögerte.

»Ich bleibe hier bei Brigitte. Ich brauche sie jetzt!«

Brigitte legte ihren Arm um Julias Schulter und lächelte .

»Gut, du musst es wissen, aber denke daran, was ich dir gesagt habe!« Mit einem sehr mulmigen Gefühl in der Magengegend verließ Michael die Wohnung.

Nachdem Rainer auf dem Stuttgarter Waldfriedhof beigesetzt worden war, zog Brigitte zu Julia und Max auf den Killesberg. Das Haus war geräumig genug, so dass sich Brigitte ein Büro einrichten konnte, um einen großen Teil der Redaktionsarbeit von zu Hause aus zu erledigen. Um sich abzulenken arbeitete Julia wieder halbtags für den Verlag, und trotz aufkommender Zweifel ließ sie Max in dieser Zeit in Brigittes Obhut.

Und Brigitte genoss es. Sie blühte in ihrer Rolle als Zweitmutter auf, für alle erkennbar, nur Julia bemerkte es nicht. Oft schlief Brigitte sogar bei Max im Zimmer. Manchmal träumte sie dann schwanger zu sein. Nur wenn Julia dem Kleinen die Brust gab, wurde ihr wieder schmerzhaft klar, dass die eigentliche Mutter Julia war.

»Ich bin wieder zu Hause. Hallo, wo seid ihr?« Julia lief durch das Haus. Sie sah im Kinderzimmer nach: Die Wiege war leer. Panik überfiel sie. Die beiden empfingen sie gewöhnlich, wenn sie von der Arbeit kam. Sie suchte weiter, und das Herz klopfte ihr bis zum

Hals. Der Kinderwagen stand im Flur, aber nirgends ein Zettel, nichts.

Auf einmal fiel es ihr wie Schuppen von den Augen. Sie muss blind gewesen sein! Deutlich sah sie vor sich, wie merkwürdig sich Brigitte oft benahm. Während sie Max stillte, verließ Brigitte jedes Mal hektisch den Raum. Auch dass sie ihr Leben vollkommen Max widmete machte ihr plötzlich Angst. Wie sehr sie darauf aus war, sie und Max bei sich zu haben. Ihr ganzes Leben hatte sie darauf eingestellt. Michael hatte Recht – das war schon krankhaft!

Julia geriet in Panik. Brigitte hat Max entführt, dessen war sie sich plötzlich sicher! Entnervt ließ sie sich auf das Sofa fallen. Als es an der Tür klingelte sprang Julia wieder auf. Brigitte stand mit dem kleinen Max an der Tür.

»Julia, was ist denn los?« Sie bemerkte Julias verstörten Gesichtsausdruck sofort.

»Ich ... als ich nach Hause gekommen bin, wart ihr nicht da. Ich habe gedacht ...« Sie stockte.

»Was hast du gedacht?« Brigitte legte ihr Max in den Arm.

»Ich dachte ...vielleicht ein Unfall, oder ...« Brigitte lächelte beruhigend.

»Wir waren nur etwas an der Luft, und ich hatte den Hausschlüssel vergessen. Deshalb sind wir noch mal um den Block gelaufen, bis du zu Hause bist. Du siehst ja ganz mitgenommen aus! Komm', ich mache dir einen Tee. Außerdem will ich mit dir etwas besprechen.«

Still folgte ihr Julia mit Max auf dem Arm ins Wohnzimmer.

»Ich finde, wir sollten Urlaub machen. Eine kleine Reise. Du brauchst dringend Tapetenwechsel und etwas Sonne. Du merkst doch selbst, wie dich alles mitgenommen hat. Und da dachte ich mir, wir könnten doch noch mal nach La Palma fliegen. Da hat es dir doch gefallen, und warm ist es da jetzt auch. Was hältst du davon?« Brigitte sah sie erwartungsvoll lächelnd an.

»La Palma ... Ich weiß nicht.« Julia nagte an ihrer Unterlippe.

»Vielleicht erinnert mich das zu sehr an Rainer.«

»Wir müssen doch nicht in dasselbe Haus. Aber schau!« Sie legt einige Prospekte vor Julia auf den Tisch.

»Die Flüge sind total billig, und es gibt wunderschöne Fincas, ideal auch für Kinder. Glaube mir, es würde dir gut tun, mal eine Woche was anderes zu sehen.« Sie tätschelte Julias Wange.

»Vielleicht hast du ja Recht. Ich denke mal darüber nach.«

»Aber nicht zu lange. Die Sonderangebote gelten nicht unbegrenzt.« Brigitte verschwand in der Küche. Sie konnte den Anblick Julias, die Max an die Brust gelegt hatte, einfach nicht ertragen.

Brigitte überredete Julia. Die beiden Frauen hatten vereinbart, Rainer nicht mehr zu erwähnen. Julia hatte zuvor einen Nervenzusammenbruch erlitten, nachdem ihr Brigitte einige Briefe zeigte, die angeblich Rainers

Freundin geschrieben hatte. Sie fanden sie während beide Rainers Zimmer ausmisteten.

Heimlich, mit viel Hingabe, hatte Brigitte mehrere Liebesbriefe verfasst, die sie in Rainers Jackentaschen versteckte. Darunter auch einen Brief von Rainer, der an Julia adressiert war. Es war sehr mühsam, Rainers akkurate Schrift nachzumachen, aber nachdem sie mehrere Stunden geübt hatte, gelang es ihr ganz gut. Julia war schockiert als sie lesen musste, dass Rainer geplant hatte, sich von ihr zu trennen. Mit diesem Trick hatte Brigitte alle Zweifel, die Julia ihr gegenüber noch hatte, ausgeräumt.

Alle drei flogen nach La Palma. Sie mieteten ein kleines Häuschen, einsam gelegen, umgeben von einem idyllischen Garten, in dem sich auch wieder ein großes Wasserreservoir befand.

Julia bedauerte, dass sie nicht auf Brigittes Vorschlag eingegangen war und Max zum Babyschwimmen gebracht hatte. Sie blühte auf, genoss das perfekte Wetter, die malerische Umgebung und langsam gewann sie Abstand von den schrecklichen Ereignissen.

Brigitte kümmerte sich wie immer rührend um sie und Max.

»Ich bin so froh, dass du mich überredet hast, mit dir hierher zu fahren. Es ist himmlisch.«

An manchen Tagen, wenn der Wasserspiegel des Beckens niedrig war, musste ihr Brigitte helfen hinauszusteigen. Es gab in dem Becken keine Innenleiter, und ohne Leiter war es unmöglich, die Betonwand zu überwinden.

Aus dem Haus drang das Schreien von Max.

»Jetzt mach schon, der Kleine hat Hunger.« Brigitte griff nach ihrer Hand und Julia kletterte heraus.

»Puh, ohne dich wäre ich da nie rausgekommen.« Julia schüttelte sich und lief zu Max, um ihn zu stillen.

In dieser Nacht hatte Brigitte einen Alptraum: Julia war verschwunden, sie war mit Max allein und gab ihm die Brust. Mit einem schlechten Gewissen gegenüber Julia wachte sie schweißgebadet auf.

Ab und zu litt Brigitte darunter, dass es Momente gab, die allein Mutter und Kind gehörten.

»Weißt du was, meine Liebe, morgen machen wir eine richtig ausgedehnte Wanderung. Ich trage Max. Was hälst du davon?«

»Hm, nicht schlecht. Wenn du ihn wirklich tragen willst – mir wäre das auf die Dauer nämlich zu anstrengend. Und mit dem Kinderwagen so über Stock und Stein, das kann man ja wohl vergessen.«

Am nächsten Tag machten sie sich nach einem Mittagsschläfchen auf den Weg. Brigitte hatte die Wanderkarte dabei und den Kleinen in einer Kindertragetasche fest auf den Rücken geschnallt. Julia, eine begeisterte Wanderin, war von der Schönheit der Landschaft begeistert. Wenn es ihnen zu heiß wurde, machten sie eine kleine Rast und dösten im Schatten eines Baumes. Max schlief die meiste Zeit auf Brigittes Rücken.

Nachdem sie vier Stunden bergauf und bergab zwischen Bananenplantagen und an romantischen Gärten vorbei gewandert waren, wurde Julia müde.

»Ich glaube, ich kann nicht mehr sehr weit laufen. Ich fühle mich total erledigt. Ich bin das einfach nicht mehr gewohnt. Wie weit ist es denn noch?«

»Also, der Karte nach müssen wir nur noch durch die kleine Schlucht da vorne und dann sollten wir eigentlich bald wieder zu Hause sein. Es ist nicht mehr sehr weit, aber wenn du willst, schwimm doch noch eine Runde in einem von den Wasserreservoirs. Schau mal, da vorne ist wieder eines und weit und breit kein Bauer, der meckern könnte. Ich passe solange auf. Dann kannst du auch nackt rein.« Julia zögerte.

»Hm, besonders viel Wasser ist da ja nicht gerade drin, und sehr sauber sieht es auch nicht aus. Ich weiß nicht so recht.« Sie blickte skeptisch. Wegen der großen Trockenheit war der Wasserstand sehr niedrig und der Beckenrand damit sehr hoch.

»Du stellst dich doch sonst nicht so an. Wasser ist Wasser, und erfrischen wird es dich auf jeden Fall.«

»Okay, aber du passt auf, ob jemand kommt.« Sie zog sich aus und sprang über den Rand des betonierten Beckens.

»Und wie ist es?«

»Na ja, es ist zwar angenehm kühl, aber ein bisschen mehr Wasser könnte schon drin sein. In unserem Becken im Garten ist es sauberer, aber ich bleibe noch ein bisschen drin.«

»Gut, ich setze mich unter den Baum da drüben, und wenn du raus willst, rufst du mich.«

»Okay, bis nachher. Und pfeife, wenn jemand kommt. Ich glaube nämlich nicht, dass die Bauern es so toll finden, wenn Touristen in ihren Bewässerungsanlagen schwimmen.«

Brigitte ließ sich unter dem Baum nieder und streichelte den schlafenden Max, der sogleich aufwachte und quengelte.

»Na, mein Süßer, du hast wohl Hunger?« Sie legte ihn auf ihren Bauch, und er griff instinktiv an ihre Brust.

»Mein Kleiner, da kommt leider nichts raus.« Sie seufzte und steckte ihm ein Stück Apfel in den Mund, an dem er zufrieden lutschte. Sie betrachtete ihn liebevoll, und Tränen schossen ihr in die Augen. Sie wiegte ihn hin und her. Julia rief laut.

»Mir wird kalt, ich will raus!«

»Ich komme.« Brigitte legte Max unter den Baum und lief zum Becken. Julia streckte ihr die Arme entgegen. Brigitte versuchte sie zu greifen – aber sie kam nicht dran.

»So ein Mist. Ich kann mich hier im Wasser auch an keiner Stelle abdrücken. Kannst du dich nicht noch ein bisschen mehr über den Rand beugen?«

»Du bist gut, ich falle doch schon fast rein.« Julia reckte sich noch mehr.

»Wie soll ich denn jetzt hier herauskommen?« Ihr wurde es mulmig.

»Warte mal, ich suche einen Ast oder etwas Ähnliches. Dahinten ist auch so etwas wie ein Schuppen. Vielleicht steht da eine Leiter herum. Hältst du es noch im Wasser aus?«

»Na klar, Hauptsache, du findest etwas. Stunden möchte ich hier nicht mehr drin bleiben, die Sonne wird auch bald untergehen.«

»Okay, dann schau' ich mal. Bin gleich wieder zurück.« Suchend lief sie um das Becken herum und hörte, dass der Kleine wieder anfing zu schreien. Sie ging zu dem Baum, wo sie ihn zurückgelassen hatte und schnallte ihn sich, wie schon vorher, auf den Rücken. Vom Becken her hörte sie Julias Stimme: »Kommst du bald?«

»Gleich, ich glaube, ich habe etwas gefunden. Einen Moment noch.« Dann marschierte sie los. Die Entfernung zum Becken wurde immer größer, Julias Rufe immer leiser.

»Ich komme gleich, ich komme gleich ...« flüsterte sie mit fast tonloser Stimme und ging immer weiter, bis um sie herum alles still wurde und die Sonne untergegangen war.

Am nächsten Tag wurde in einem Reservoir eine Frauenleiche von einem Bauern gefunden, und Brigitte, die Julia bei der Polizei als vermisst gemeldet hatte, identifizierte sie mit Tränen in den Augen ... Tod durch Ertrinken. Ein tragischer Unfall, der nicht ganz selten auf der Insel vorkommt. Meist handelte es sich um leichtsinnige Touristen, die überhitzt in die Becken sprangen, ohne lange nachzudenken. Dass der Wasserstand zu niedrig war und die glatten Betonwände keinen Halt boten, um herauszuklettern, merkten sie erst, als es zu spät war.

Brigitte flog mit dem Kleinen nach Hause – glücklich und mit dem zufriedenen Lächeln einer entspannten Mutter. »Jetzt, mein kleiner Max, bin ich deine Mami.« Sie küsste ihn zärtlich.

Grenzlinie

Die grüne Plastikliege im Garten der Riems wird nur noch wenig von Angela in Beschlag genommen. Seit ihrem Umzug von Wasserburg nach Köln, ist es ihr nur noch selten möglich, die Eltern zu besuchen. Regelmäßig im Juni aber quartiert sie sich für einige Wochen bei ihnen ein, genießt die Bodenseeluft und das tägliche Bad im See, vorzugsweise früh morgens oder am Abend, wenn das Sonnenlicht den weichen Schleier der Melancholie über den See deckt.

Angela streckt sich ausgiebig, nachdem sie fast den ganzen Tag faul auf der Liege zugebracht hat und seufzt laut.

»Ich geh noch mal schwimmen. Das Licht ist so schön.«

Ihr Vater blickt tadelnd über den Rand seiner Lesebrille von seinem Buch auf und runzelt die Stirn.

»Püppchen«, so nennt er sie immer, »du hast wirklich 'ne Meise, mit deiner Schwimmerei.«

Sie steht auf, und gibt ihm einen Kuss auf die Stirn.

»Ihr solltet auch mal abends an den Steg. Es ist richtig friedlich, wenn die ganzen Touris weg sind.«

»Nee, lass mal, wir sind alt und gehen morgen früh gemütlich nach dem Frühstück. Außerdem haben sie im Radio gesagt, es soll ein Gewitter geben.« Er deutet hinüber zu den Schweizer Bergen.

»Ich an deiner Stelle würde lieber hier bleiben.« Angela zuckt mit den Schultern.

»Das kommt schon nicht rüber«

»Außerdem ist es zu windig. Das ist doch richtig eklig, wenn man ständig Wellen ins Gesicht bekommt.« Ihre Mutter macht eine theatralische Grimmasse.

»Ihr habt den See das ganze Jahr über, ich aber nur ein paar Wochen.« Sie zieht eine Schnute.

Herr Riem legt sein Buch zur Seite.

»Mein liebes Kind, niemand hat dich gezwungen nach Köln zu ziehen. Du hättest genauso gut hier bei deinen alten Eltern bleiben können.« Ein Blick in das Gesicht ihres Vaters verrät, dass er es nicht ganz ernst meint.

»Ja, ja, als Serviererin oder Altenpflegerin, ich weiß schon.« Sie schaut miesepetrig.

»Eigentlich wollte ich euch ja ein paar Seerosen mitbringen.« Sie geht in die Küche.

Der Umzug nach Köln war ihr schwer genug gefallen – weg vom See, und das nur wegen des schlechten Stellenmarktes rund um das Bodenseegebiet.

In der Küchenschublade sucht sie nach einem scharfen Messer. Vor einigen Tage hatte sie ein gutes Stück vom Ufer entfernt einige Seerosen entdeckt und vergeblich versucht, die rosa und weißen Blüten mit der Hand abzureißen. Aber die Stiele waren zu zäh gewesen.

»Kind, du weißt doch wohl hoffentlich, dass die unter Naturschutz stehen.« Ihre Mutter versucht einen strengen Ton anzuschlagen. Sie klingt nicht sehr überzeugend, denn sie hat eine Leidenschaft für Seerosen. Seerosenmuster auf Tischdecken, Seerosengemälde im Wohnzimmer, Seerosen auf dem Essservice.

»Aber lass dich nicht dabei erwischen.« Schnell drückt sie ihrer Tochter noch fünf Euro in die Hand.

»Falls du am Steg noch was trinken willst.« Heimlich steckt Angela ein Messer ein. Sie will ihre Mutter überraschen. Ihr Vater späht in die Küche.

»Was habt ihr beiden denn wieder für Heimlichkeiten?«

»Gar nichts. Wieso?« Angela schlüpft aus der Tür. Das Messer befestigt sie am Gürtel der Handytasche, sie sucht ihr Schwimmzeug, stopft es in den grünen Rucksack und hat es nun doch sehr eilig, an den See zu kommen. Die dunklen Wolken verheißen nichts Gutes.

»Komm bloß nicht auf die Idee bei Gewitter rauszuschwimmen, und pass auf die Surfer auf. Irgendwann fährt dir noch einer über den Kopf, dann schaffst du's nie bis rüber zum Schweizer Ufer! Kauf dir doch endlich mal eine knallrote Bademütze!« Er legt sich eine rote Serviette über den Kopf.

»Mach dich nur über mich lustig, irgendwann schaff ich die läppischen fünfzehn Kilometer! Bis später.« Das obligatorische »Setz deinen Sturzhelm auf« hört sie nur mit halbem Ohr.

Angela lächelt, als sie ihre Vespa, die sie liebevoll vor ein paar Wochen mit Röschen bemalt hatte, startet. Seit ihrem Umzug ist sie es wirklich nicht mehr gewöhnt so umsorgt zu werden. Aber mit achtundzwanzig wurde es auch höchste Zeit, sich von zu Hause abzunabeln.

Sie lässt den Sturzhelm dennoch am Lenkrad baumeln, um den nach reifen Äpfeln duftenden Fahrtwind, zu spüren.

Nach ungefähr zwanzig Minuten parkt sie wie immer die Vespa vor der dem Café »Seemöwe«.

Nur zwei ziemlich unansehnliche Typen, der eine mit kahlgeschorenem Kopf, der andere mit einem Zinken wie der Sänger von Pur, sitzen vor mehreren Flaschen Bier.

»Ey, hast de das Teil selber bemalt? Echt scharf. Bist du Blumen-Verkäuferin?«

Angela ignoriert sie, setzt ein arrogantes Gesicht auf. Nervös befestigt sie den Sturzhelm am Gepäckträger und wirft sich den Rucksack über. Aber es hilft nichts. Der Kahle wankt auf sie zu.

»Ey, biste stumm oder was?« Er packt sie mit dümmlichem Grinsen am Arm. Eine Alkoholfahne weht ihr entgegen. Sie reißt sich los, geht schnell zum Badesteg und begrüßt Ronnie, der für den Bootsverleih zuständig ist, mit einem dicken Kuss. Er staunt über die stürmische Begrüßung.

»Hi, Angie, was ist denn mit dir los?« Sie deutet zum Café hinüber.

»Da lungern zwei halbbetrunkene Typen rum, die nerven. Das ist alles. Ganz schön windig heute.«

»Das kannst du wohl sagen.« Er beobachtet seine letzten Kunden die – wie so häufig – den aufkommenden Wind unterschätzt haben und nun mühsam gegen die Wellen anrudern.

»In letzter Zeit treiben sich hier öfter seltsame Gestalten rum und lassen auf dem Steg ihren ganzen Müll liegen. Aber was willst du dagegen machen?« Er zuckt mit den Schultern und deutet auf zwei Ruderboote, die sichtlich Probleme haben, zurück an den Steg zu gelangen. »Du hast doch wohl nicht vor, bei dem Wind rauszuschwimmen?« Angela lässt ihre Armmuskeln spielen.

»Klar, ist gut für den Body, würde dir auch nicht schaden.« Sie kneift ihn in den Bauch.

»Dreh dich bitte kurz um, ich muss mich noch schnell umziehen.« Sie deponiert ihre Klamotten und den Rucksack unter dem Sitz eines Ruderbootes.

»Kann ich den Kahn morgen früh nehmen?«

»Sicher, kein Problem, du weißt ja, wo der Eimer zum Wasser ausschöpfen steht.« Er legt ihr freundschaftlich den Arm um die Schulter.

»Du könntest mich ja ruhig mal mitnehmen.« Sie macht sich lächelnd los.

»Du weißt doch, dass ich im Urlaub meine Ruhe haben will. Ich bin froh, wenn ich mal alleine bin. Nett sein muss ich im Job.«

Ronnie versucht es mit seinem schmachtenden Hundeblick. »Och, du musst nicht nett sein, ich steh' eigentlich eh mehr auf die harte Tour.« Er entdeckt das Messer an ihrem Bauch.

»So hart aber auch nicht. Willst du Seeungeheuer jagen?« Er zieht es blitzschnell aus der Tasche. Energisch haut sie ihm auf die Finger.

»Weißt du was, von dummen Sprüchen hab ich heute die Nase gestrichen voll. Bis später.« Sie springt mit einem eleganten Köpfer ins Wasser.

»He, ich hab's nicht so gemeint. Wie viele Kilometer willst du heute schaffen? Bis rüber in die Schweiz? Da würd' ich an deiner Stelle aber einen Regenschirm mitnehmen, sieht verdammt dunkel aus, da drüben.« Sie verpasst ihm eine Ladung Wasser, taucht unter und krault los.

Ronnie zurrt die Boote am Steg noch etwas fester und hilft seinen schwächelnden Kunden aus den schwankenden Booten um für heute den Verleih zu schließen. Bewundernd sieht er Angie nach. Eines Tages wird sie es tatsächlich bis rüber ans Schweizer Ufer schaffen.

Ein Windsurfer peitscht knapp an ihrem Kopf vorbei. Um ein Haar hätte er sie übersehen.

»So ein Idiot. Hat wohl keine Augen im Kopf. Männer ...!« Angela schließt schnell die Augen, bevor eine große Welle bedrohlich über ihren Kopf schwappt und ihr fast die Kontaktlinsen aus den Augen spült.

Mit minus sechs Dioptrien wäre sie ohne Linsen ziemlich hilflos. Stur schwimmt sie weiter. Bis zu den Seerosen liegt noch ein gutes Stück vor ihr.

In der Ferne ist Donnergrollen zu hören. Sollten ihre Eltern und Ronnie etwa doch Recht behalten, und das Gewitter zieht herüber? Auf der Schweizer Seite, in Rohrschach, fahren die Autos bereits mit Licht. Umkehren? Auf keinen Fall!

Da spürt Angela etwas Weiches an ihren Beinen. Für einen Moment steht ihr Herz still. Dann sieht sie, dass es nur eine durch den Wind abgerissene Schlingpflanze war. Sie atmet auf und findet ihren Rhythmus wieder.

Matze dreht sich gelangweilt eine Zigarette.

»Hier ist ja gar nichts los. Was wollen wir denn noch machen? Trinken wir noch einen oder hauen wir ab?« Uli stiert schweigsam in sein Glas.

»Mensch, Uli, jetzt sag doch mal was.« Er stößt seinen Freund in die Seite.

»Kannste wohl nicht verkraften, dass die dir 'ne Abfuhr erteilt hat. Was?« Uli schiebt sein Glas zur Seite und legt seinem Kumpel den Arm um die Schulter.

»Die war echt scharf. Meinst du, die ist noch draußen?« Er deutet mit dem Kopf Richtung See.

»Klar, wo soll sie denn sonst sein? Da vorne steht auch noch ihr scharfes Geschoss.« Uli steht schwerfällig auf.

»Komm Alter, wir haben noch was vor.« Matze schaut ihn verständnislos an.

»Wir machen eine kleine Bootstour.« Er zieht Matze zum Bootssteg und beginnt ungeschickt eines der festgezurrten Ruderboote loszubinden.

»Jetzt hilf mir doch mal.« Matze hat noch immer nicht verstanden.

»Was willste denn bei dem Wind jetzt auf dem See. Mir wird schon beim Hinsehen ganz schlecht.« Er lässt sich auf den Steg plumpsen.

»Ey, du bist vielleicht ein Warmduscher! Du fandest die doch auch scharf. Oder etwa nicht? Ist doch nichts los hier in dem Kaff, hast du vorhin selber gesagt.« Er hilft ihm wieder auf die Beine und bugsiert ihn in den Kahn.

»Die schnappen wir uns, hast du kapiert? Du setzt dich jetzt hier hin.« Er drückt ihm die Ruder in die Hand.

»Ich mach den Steuermann.« Er stößt das Boot vom Steg.

»Los, mach schon oder brauchst du erst noch Sprit?« Er reicht ihm seinen Flachmann.

»Und was ist, wenn der Typ von vorhin wieder auftaucht?«

»Der kommt nicht mehr. Hat doch seinen Laden schon dicht gemacht. Jetzt gib Gas.«

Angela schwimmt weiter hinaus. Der Wind treibt die dunklen Wolken über den jetzt aufgewühlten See. Sie ist so nah an den Seerosen. Jetzt würde sie es auch zu Ende bringen.

Schon als Kind hatten ihre Eltern die Dickköpfigkeit ihrer Tochter getadelt die sie bis heute beibehalten hat. Eine Starrsinnigkeit die Angela schon manchmal in Schwierigkeiten brachte.

Sie atmet gleichmäßig, konzentriert und zählt ihre Schwimmzüge – da waren die Seerosen, bei fünfhundertundvierzig.

Große weiße und rosa Blüten, die in ihrer Vollkommenheit fast unecht wirken. Sie greift nach dem Messer, schneidet vorsichtig einige der Blüten ab und steckt sie in ihren Badeanzug.

Als sich wie aus dem Nichts ein Ruderboot neben sie schiebt, schwappt ihr erneut eine Welle über den Kopf. Hustend erkennt sie die beiden unangenehmen Typen aus dem Café wieder. Ein Ruder verfehlt nur knapp ihren Kopf.

»Könnt ihr Idioten nicht aufpassen?« Wütend tritt sie gegen das Boot.

Der, der sie vor dem Café schon blöde angebaggert hatte, lehnt sich über den Bootsrand und versucht sie zu packen.

»Ey, du bist ja 'ne ganz Wilde. Ich mag wilde Frauen. Schätzchen, wenn du dich ausruhen willst, komm rein, wir beißen nicht. Nicht war Matze?« Er reicht seinem Kumpel den Flachmann.

»Nimm 'nen Schluck, kannste bei der gebrauchen.«

Kraulend bringt sie sich außer Reichweite, aber das Boot folgt ihr. Sie merkt, dass sie zu müde ist, um es abzuhängen.

Allmählich wird ihr das Spiel mit den angetrunkenen Typen unheimlich.

»Verzieht euch doch und lasst mich in Ruhe.«

»Matze, hast du das gehört, sie will ihre Ruhe, wie langweilig.« Er steht wankend auf, und beginnt sich auszuziehen.

»Ey Süße, wenn du nicht zu uns kommst, komm ich zu dir.« Der andere versucht ihn auf den Sitz zu ziehen.

»Ulli, lass doch den Quatsch. Da hinten kommen lauter dunkle Wolken, und außerdem werd' ich langsam seekrank.« Tatsächlich war das Gewitter erheblich näher gekommen.

»Ey, Matze, du bist so 'ne Flasche, dass ist doch die Gelegenheit.« Er stolpert und fällt hart auf die Ruderbank.

Angela taucht unter dem Boot hindurch. Die Seerosenstiele streichen an ihrem Körper entlang. Vor Schreck taucht sie zu früh auf, und stößt mit dem Kopf gegen das Boot. In Panik öffnet sie die Augen. Ihre Kontaktlinsen werden vom Wasser weggespült. Nach Luft schnappend kommt sie unter dem Boot hervor.

Ulli nimmt noch einen Schluck.

»Die eingebildete Kleine schnapp ich mir jetzt. Du kannst ja hier warten.«

Er springt mit einem Kopfsprung ins Wasser, grapscht nach ihrem Bein und zieht sie zu sich ran. Angela drückt seinen Kopf unter Wasser, aber sie kann sich nicht aus seinem Griff befreien. Prustend taucht er wieder auf, flucht laut und legt einen Arm um ihren Hals um sie zum Boot zu ziehen. Sie tastet nach dem Messer, kann es aber nicht erreichen.

Die dunklen Wolken sind jetzt dicht über ihnen.

»Los, Matze, hilf mir.« Der Typ presst sie hart gegen den Rumpf des Bootes.

»Zieh sie hoch.« Er hält ihren Körper fest umschlungen. Wiederwillig versucht der andere, sie über den Bootsrand in das Boot zu ziehen. Sie wehrt sich aus Leibeskräften.

Der Kahle klettert wieder in das Boot zurück und hilft seinem Kumpel.

»Matze halt sie gut fest.« Der Pur-Typ stellt sich hinter sie und dreht ihr die Arme auf den Rücken. Angela schreit vor Schmerzen auf. Der Kahle sucht zwischen den verstreuten Kleidungsstücken nach seinem Flachmann, nimmt einen großen Schluck und lässt provokant seine Hüften kreisen.

»So, Süße, jetzt geht's zur Sache.« Ihr schlägt eine widerliche Alkoholfahne ins Gesicht.

Grinsend rollt er ihren Badeanzug runter, wobei einige Seerosen aus Angies Badeanzug fallen.

»Wie süß, meine kleine Rose.« Er wirft die Seerose in hohem Bogen ins Wasser.

Erst jetzt entdeckt er an ihrem Bauch die Tasche mit dem Messer.

»Was haben wir denn da?« Er zieht das Messer heraus und fuchtelt damit vor ihrem Gesicht herum.

»Du bist wohl Kampfschwimmerin, was?« Angela schaut ihm fest in die Augen. Am liebsten würde sie ihm ins Gesicht spucken.

Matze geht das Spiel mit dem Messer zu weit. »Uli lass den Scheiß, das gibt 'ne Menge Ärger.«

Er versucht, ihm mit einer Hand das Messer zu entreißen.

»Quatsch nicht rum! Halt sie lieber fest du Weichei!« Langsam fährt er mit dem Messer an ihrem Körper entlang.

Angela entscheidet sich dafür, das Spiel mitzumachen. Ihr bleibt keine andere Wahl.

»Ich mach ja mit. Aber steck das Messer weg.« Gequält lächelt sie den Kahlen an.

»Ey, kommst du langsam zur Vernunft? Wird auch Zeit.«

Über ihren Köpfen ist ein dumpfes Grollen zu hören.

Herr Riem sitzt am Küchentisch und blättert in seiner Fernsehzeitung.

»Schatz, für mich wird das heute eine lange Nacht. Die bringen mal wieder ›Vom Winde verweht‹.

Seine Frau legt wie immer um diese Uhrzeit Patiencen. Sie wirft ihm einen kritischen Blick zu.

»Den hast du doch schon viermal gesehen.«

»Mindestens. Den kann ich aber gar nicht oft genug sehen.« Er beginnt sich genüsslich eine Pfeife zu stopfen.

»Weißt du noch woher die stammt. Liebes?« Sie überlegt einen Moment. »Angie hat sie in Amsterdam auf dem Trödelmarkt aufgestöbert. Das muss schon zehn Jahre her sein. Sie war ganz begeistert von dem Elefantenkopf. Tja, die Zeit vergeht.« Sie lächelt ihn milde an.

Die Standuhr schlägt zehn Mal. Frau Riem steckt ihre Karten in ein Holzkästchen, das ihre Tochter gebastelt hat, als sie noch in der Schule war.

»Zum Glück ist sie kein Teenie mehr, sonst würde ich mir jetzt ernsthaft Sorgen machen.«

»Die sitzt bestimmt noch mit Ronnie unten im Café.« Ihr Mann schaltet den Fernseher an.

»Ich gehe jetzt ins Bett. Und vergiss nicht die Außenbeleuchtung anzuschalten.« Er tätschelt ihre Hand.

»Jetzt sorg dich nicht. Angie ist erwachsen, die weiß schon, was sie tut.« Sie küsst ihn auf die Stirn.

Bei jedem Motorengeräusch spitzt Frau Riem die Ohren. Angelas Vespa ist nicht dabei.

Nach einer unruhigen Nacht voll beunruhigender Träume steht sie früher als gewöhnlich auf. Sie horcht besorgt an der Zimmertür ihrer Tochter. Kein Muckser dringt hindurch. Leise öffnet sie die Tür einen Spalt. Das Bett ist leer! Frau Riem zieht sich ihren Bademantel über und geht ins Freie. Die Vespa steht nicht an dem gewohnten Platz. Ein lautes Gähnen ihres Mannes dringt durch das offene Fenster.

»Schatz, bist du das? Bist du unter die Schlafwandler gegangen?«

Normalerweise ist er der Frühaufsteher von den beiden und bereitet gewöhnlich, nach ausgiebiger Gymnastik, das Frühstück. Besorgt geht sie zu ihm.

»Angie ist heute Nacht nicht heimgekommen.« Sie setzt sich neben ihn auf die Bettkante.

»Liebes, unsere Tochter ist eine erwachsene Frau. Was soll ihr denn hier schon passieren? Vielleicht hat sie ja ihren Traummann getroffen« Er legt seinen Arm um sie.

»Jetzt lass uns erst mal in Ruhe frühstücken, und danach fahren wir zum Steg runter. In Ordnung?«

Uli hält das Messer locker in der linken Hand und zieht ihr genüsslich den Badeanzug weiter runter. Langsam beginnt auch Matze die Sache Spaß zu machen. Ihm gefällt das Mädchen, und er hat nicht vor, sie ausschließlich seinem Kumpel zu überlassen. Um ihren Badeanzug besser packen zu können, nimmt Uli das Messer cool zwischen die Zähne. Genau in diesem Augenblick tritt Angela ihn mit aller Kraft in die Genitalien.

Ronnie putzt wie jeden Morgen die Boote, die nachts von den ansässigen Fischern benutzt wurden. Die Blutstropfen am Boden eines der Ruderboote nimmt er daher kaum war. Viel mehr wundert er sich darüber, die Riems so früh am Steg zu sehen.

Energisch, mit großen Schritten, eilt Angies Mutter ihrem Mann vorweg auf ihn zu.

»Guten Morgen, Ronnie. Hast du Angela gestern abend gesehen?« Sie wirkt sehr angespannt.

»Ja, sicher. Sie ist so um sieben gekommen, um noch mal eine Runde zu schwimmen. Wieso, ist etwas passiert?« Forschend blickt er in ihre müden Augen.

»Meine Frau macht sich Sorgen, weil Angela heute nacht nicht zu Hause war. Du weißt doch wie das ist.« Er legt beschützend seinen Arm um sie.

»Tja, dass kenn ich von meiner Mutter zur Genüge. Warten sie mal.«. Ronnie sucht etwas unter den Sitzen der Ruderboote.

»Sie hat hier irgendwo ihren Rucksack versteckt. Wenn er noch da ist.« Es dauert einige Minuten bis er ihn findet.

»Hier.« Er reicht ihn Frau Riem und deutet mit dem Kopf zum Café hinüber.

»Hab' mich schon gewundert, dass die Vespa noch da steht.«

Angies Mutter hält den Rucksack wie ein Baby fest im Arm.

»Aber, das bedeutet doch, dass sie seitdem nicht mehr hier war.« Sie wendet sich mit energischer Stimme ihrem Mann zu.

»Wir müssen etwas unternehmen.« Aufgeregt läuft sie hin und her.

»Das Beste wird sein, wir informieren die Polizei!«

»Meinst du nicht, dass das etwas voreilig ist?« Unentschlossen schaut er zu Ronnie.

»Was meinen Sie?« Ronnie zuckt nachdenklich mit den Schultern.

»Ich weiß nicht. Eigentlich müsste sie ja hier irgendwo sein.« Er sieht sich um.

Ungeduldig setzt sich Frau Riem in eines der Boote.

»Ich geh sie jetzt suchen. Kann einer von euch so nett sein und das Boot los machen.« Ihre Stimme zittert.

Herr Riem steht immer noch unentschlossen am Stegrand und starrt auf das Wasser.

»Wo willst du sie denn suchen?« Seine Frau schaut ihn verständnislos an.

»Mein Gott, sie wollte doch Seerosen holen!« Frau Riem steht auf, und entknotet das Tau.

Ihr Mann sieht seufzend zu Ronnie hinüber.

»Ronnie, wissen Sie wo Angela diese verdammten Seerosen holen wollte?« Er nickt.

»Na klar!«

Herr Riem klopft ihm auf die Schulter. »Na dann mal los!«

Uli stolpert nach hinten, das Messer streift seine Backe und er fällt rücklings über Bord.

Vollkommen überrascht von dieser Aktion lockert Matze seinen Griff. Angela springt auf der anderen Seite kopfüber ins Dunkle und krault so schnell sie kann drauf los. Nur weg!

Uli zieht sich mühevoll wieder über den Bootsrand.

»Kannst du mir gefälligst mal helfen. Du Idiot! Warum hast du sie nicht festgehalten?« Er fasst sich an die Backe.

»Scheiße, ich glaub', das ist Blut. Ich hab mich geschnitten. Dieses Luder.« Matze lacht schadenfroh und reicht ihm den Flachmann.

»Die hat dir ganz schön eine verpasst. Is' noch ein Schluck drin. Was machen wir jetzt?«

Uli ist stocksauer. »Hör bloß auf zu lachen, sonst verpass ich dir auch eine. Du hast schließlich alles vermasselt.« Er starrt einen Augenblick schweigsam in die Dunkelheit.

»Was soll's, andre Mütter haben auch schöne Töchter.«

»Richtig, Alter. Es ist verdammt kalt. Und das Geschaukel geht mir schon lang auf die Eier.«

Wieder am Steg angekommen, verknoten sie sorgfältig den Kahn und gehen nach Hause.

Das Mädchen ist schnell vergessen.

Mit kraftvollen Schlägen rudert Ronnie die Riems auf den See hinaus, während Herr Riem mit einem Fernglas konzentriert den See absucht.

»Ich glaube es hat keinen Sinn.« Er legt das Glas zur Seite und wirft seiner Frau einen deprimierten Blick zu.

»Wir sollten doch wieder zurück und die Polizei verständigen. Tut mir Leid, Liebes.« Er greift nach ihrer kalten Hand.

»Schauen Sie, da sind Seerosen!« Ronnie zeigt bedeutungsvoll nach vorn. Die Blicke der Riems folgen seiner Handbewegung. Auf dem Wasser treiben einige abgeschnittene Blüten.

Fast tonlos flüstert Angies Mutter: »Die sind von Angela, sie wollte mir welche mitbringen.«

Ihr Mann nimmt sie fest in den Arm und wiegt sie wie ein Kind. Hemmungslos beginnt sie zu schluchzen.

»Liebes, jetzt denke doch nicht gleich an das Schlimmste.«

»Aber was soll ich denn sonst denken?«

Angie krault ohne Pause, so weit wie möglich weg. Weg von dem Boot, weg von den widerlichen Typen. Gehandikapt durch ihre Kurzsichtigkeit hat sie keine Ahnung in welche Richtung sie in der Dunkelheit schwimmen soll, wo das rettende Ufer sein könnte. Die Arme werden immer schwerer, die Bewegungen langsamer. Ein Krampf in der Wade zwingt sie inne zu halten. Voller Furcht lauscht sie in die Dunkelheit. Erst jetzt begreift Angela, dass sie den beiden Fieslingen tatsächlich entkommen ist. Sie blickt sich suchend um. Kann es sein, dass sie in ihrer Panik zu weit hinausgeschwommen ist und sich jetzt inmitten des Sees befindet? Verzweifelt schwimmt sie noch einige Meter, aber wohin? Sie ist am Ende ihrer Kraft angekommen. Angela legt sich auf den Rücken, schließt die Augen, lässt sich bewegungslos treiben. Stundenlang könnte sie so auf dem Wasser liegen, wenn nur diese Kälte nicht wäre! Niemals wird sie es schaffen! Sie denkt an ihre Eltern, die sie gewarnt hatten und an den Tod. Das war es also! Ihre Augen füllen sich mit Tränen. Regungslos liegt sie auf dem Wasser, als ein seltsames knarrendes Geräusch an ihre Ohren dringt.

Da sind sie wieder! Vor Angst wie gelähmt hält sie sich ganz still. Das Geräusch verschwindet. Sie atmet erleichtert auf. Nach einigen Minuten ein erneutes Knarren. Keine Stimmen, nur dieses seltsame Knarren. Sie versucht die Richtung auszumachen, aus der das Geräusch kommt. Stille, Knarren, Stille. Mit aller Kraft und Verzweiflung schwimmt sie darauf zu, bis ihre Kräfte endgültig versagen. Sie kann nicht mehr, nimmt nichts mehr um sich herum wahr. Das Knarren war eine Täuschung, eine letzte Hoffnung. Jetzt ist alles aus!

Angela legt sich wieder auf den Rücken und starrt in den Himmel. Die dunklen Wolken reißen auf und geben den Blick auf ein wahres Sternenmeer frei. Eine Schnuppe fällt vom Himmel, sie schließt die Augen, lässt sich treiben, fühlt sich schwerelos und frei. Minuten oder Stunden vergehen, sie hat keine Ahnung, wie lange sie auf dem Wasser gelegen hat, ist sie plötzlich hell wach. Reibt sich benommen den Kopf. Schluckt Wasser und hustet. Ihr Kopf ist gegen irgendetwas Hartes gestoßen. Verwundert dreht sich Angela um und traut ihren Augen kaum. Ein Boot? Ein Traum?

Wirklichkeit! Ein mit einer Plane abgedecktes Motorboot.

Vergeblich versucht sie, sich an dem glatten Schiffsrumpf hochzuziehen, aber ihre Kräfte versagen. Hilflos, mit Tränen in den Augen klammert sie sich an dem Boot fest, rutscht ab und fällt zurück ins Wasser wobei ihr Hinterkopf auf eine Boje prallt.

Eine Boje, die sie vorher nicht wahrgenommen hatte und mit deren Hilfe es ihr jetzt gelingt, auf das Boot zu steigen.

Sie hat Glück, findet wie durch ein Wunder an der zu locker angebrachten Plane einen »Einstieg«. Angela kriecht darunter, rollt sich wie ein gejagtes Tier erschöpft zusammen und schläft augenblicklich ein.

Geweckt durch eine barsche Männerstimme schreckt sie hoch.

»Was machen Sie hier auf meinem Boot?« Er schüttelt sie rüde an den Schulter.

»Ich. ..« Verdutzt schaut sie um sich.

»Los, stehen Sie auf! Ich glaube, Sie haben hier nichts zu suchen!« Angela braucht einige Sekunden um sich zu sammeln.

»Wie sind Sie hier rauf gekommen?« Er zieht sie an den Armen hoch.

»Geschwommen.«

Er sieht sie verständnislos an. »Sind Sie vielleicht betrunken?«

Angela schüttelt schweigend den Kopf. Sie zittert vor Kälte. Er findet eine alte Decke und wirft sie ihr um die Schultern.

»Wo bin ich denn hier?« Sie richtet sich auf und sieht das Ufer. Vor einem Hotel flattert eine große Schweizer Flagge im Wind.

»Aber ... das ist ... die Schweiz?« Sie kann es nicht fassen.

»Natürlich sind Sie hier in der Schweiz. Wo denn sonst!« Ein Lächeln huscht über ihr müdes Gesicht.

»Ich habe es tatsächlich geschafft.«

Strandspaziergang

Kathrin saß vollkommen erschöpft zwischen Bergen von Koffern, Taschen und Spielzeug.

Den ganzen Tag verbrachte sie nun schon mit Packen und Suchen. Ana und Paul, ihre beiden Kinder, schleppten ständig neue Lieblingspuppen und Autos an, die unbedingt mit in die Ferien mussten. Etwas ratlos lies sie ihren Blick über das Durcheinander schweifen, als sich Ana, ihre Vierjährige, mit einer längst vergessenen Puppe im Arm neben sie setzte.

»Schau, Ulla will auch unbedingt mit, sie ist schon ganz traurig.« Kathrin legte den Arm um ihre Tochter.

»Deine Ulla muss aber schon sehr lange traurig sein, du hast sie jahrelang in deinen Schrank eingesperrt.« Ana sah sie mit großen Augen an.

»Das stimmt gar nicht.« Dann sprang sie schnell auf.

»Okay. Sie darf doch nicht mit, weil sie nämlich auch gar kein Englisch kann. Okay, okay, okay.« Singend brachte sie die Puppe wieder in den Schrank.

Paul kam im Cowboyschritt, ernstem Gesicht und dem alten Angelzeug seines Vaters um die Ecke gebogen.

»Okay, sag ich dir, Baby. Das muss mit.« Er warf die Angeln und Kescher zwischen die Koffer.

Kathrin zeigte ihm einen Vogel. »Nicht okay. Du spinnst.«

»Baby, ich will Fische zum Essen fangen. Dann müssen wir nicht einkaufen.«

Sie konnte sich ein Lächeln nicht verkneifen. Seitdem für die Kinder klar war, dass sie ihre Ferien in den Staaten verbringen sollten, übten diese voller Stolz englische Wörter.

Bevor der siebenjährige Cowboy wieder lossausen konnte, hielt sie ihn am Ärmel fest.

»Cowboy, du hörst mir jetzt mal zu.« Sie versuchte ihm zu erklären, dass es unmöglich sei, alles, was man gerne hat, mit in den Urlaub zu schleppen. Trotzig sah er sie an.

»Wenn Daddy hier wäre, dann ging das sehr wohl.«

»Nein Paul, dann ginge das auch nicht. Und damit basta. Jeder darf mitnehmen, was er selber tragen kann. Kapiert? Du holst jetzt deine Schwester, und dann sehen wir alles noch mal gemeinsam durch. Okay?«

Unter heftigem Protest der Kinder sortierten sie gemeinsam die überflüssigen Gepäckstücke aus. Der übriggebliebene Berg war immer noch groß genug. Als es Zeit war, die beiden Quälgeister ins Bett zu bringen, atmete sie erleichtert auf. Paul kam im Schlafanzug ins Wohnzimmer gelaufen.

»Mami, ich weiß was gute Nacht auf Amerikanisch heißt.«

»Na, da bin ich aber mal gespannt.«

Er machte ein stolzes Gesicht. »Good night heißt das.«

Sie versetzte ihm einen Klaps auf den Po. »Ganz richtig mein Cowboy, good night heißt aber auch, dass man schlafen soll.«

»Okay, okay, ich geh ja schon.«

Erschöpft schaltete sie anschließend den Fernsehapparat an, um die Nachrichten zu verfolgen. Nach den schrecklichen Terroranschlägen in den USA hatte sie mit dem Gedanken gespielt den Urlaub abzublasen. Fred ihr Ex-Mann, der mittlerweile in den Staaten lebte und als Ethnologe an einem Institut in North Carolina arbeitete, überzeugte sie aber davon, dass gerade jetzt die Sicherheitsvorkehrungen so streng seien, und sie nun wirklich keine Angst vorm Fliegen haben müsste. Doch ganz wohl war ihr dennoch nicht dabei, zumal es für die Kinder der allererste Flug ihres Lebens sein würde.

Sie schaltete den Kasten ab und sah zum x-ten Mal die Reiseunterlagen samt der Merian-Hefte durch, die ihr Fred geschickt hatte. Sie war sehr gespannt auf sein Haus in Hobucken/South Carolina, das sie bis jetzt nur von Fotos her kannte und das er ihnen nun für einige Wochen zur Verfügung stellte. Ihn selbst würden sie nicht zu Gesicht bekommen, da er aus beruflichen Gründen nach Europa reisen musste.

Fred hatte, bevor er in die USA gegangen war, drei Jahre lang als Ethnologie-Dozent an der Uni Heidelberg gearbeitet, obwohl die Lehrtätigkeit dort, von Anfang an nie sein Ding war. Aber da Kathrin zu dieser Zeit zum ersten Mal schwanger geworden war und partout in Stuttgart bleiben wollte, blieb ihm keine andere Wahl. Es war schon so schwierig genug, als Ethnologe unterzukommen. Kathrin liebte gerade das Ruhige und Beschauliche ihrer Heimatstadt, wohingegen Fred es schon damals in die Welt hinauszog. Er wurde von Jahr zu Jahr unzufriedener. Heidelberg, die kleine Großstadt Stuttgart und das Familienidyll begannen ihn immer mehr zu langweilen. Als dann drei Jahre später Ana geboren wurde, fühlte sich Fred wie in einem Käfig. Er wurde immer ruhiger und neigte zu Depressionen. Wie durch ein Wunder, er empfand es zumindest so, wurde ihm eine Gastdozenten-Stelle an der North Carolina State University angeboten. Eine Chance, die er ergreifen musste, bevor er gesundheitlich vor die Hunde gehen würde.

Sie trennten sich ohne größere Streitigkeiten, und auch das Finanzielle war für beide zum Glück kein Problem. Ihr blieben selbstverständlich das gemeinsame Haus in Stuttgart-Botnang, einer Wohngegend der höheren Mittelschicht, die Kinder und eine monatliche Überweisung aus den USA. Außerdem hatte Kathrin die Möglichkeit, von zu Hause aus ihrem Job als Grafikerin nachzugehen und sich gleichzeitig um die Kinder zu kümmern, die damals drei und ein Jahr alt waren. Ihre Mutter Renate, die 15 km entfernt in Ludwigsburg lebte, unterstützte sie, so gut es ging.

Zwei Mal im Jahr kam Fred zu Besuch, um den Kontakt zu den Kindern nicht ganz zu verlieren. Für alle war das so die beste Lösung.

Kathrin erhob sich gähnend, fast wäre sie auf dem Sofa eingeschlafen, und stellte zur Sicherheit zwei Wecker. Der Gedanke, um vier Uhr morgens aufstehen zu müssen, machte sie ganz nervös.

Um 5.30 Uhr stand das Taxi vor der Tür, um sie zum Flughafen zu bringen. Tränenreich verabschiedete sich Ana von ihren Puppen, Paul trug maulend seine Angelausrüstung ins Haus zurück, und nachdem sie sich zum hundertsten Mal vergewissert hatte, nun wirklich alle Dinge beisammen zu haben, konnte es endlich los gehen. Erleichtert ließ sie sich mit den Kindern auf die Rückbank des Taxis fallen.

In der Abfertigungshalle des Flughafens Stuttgart-Echterdingen herrschte an diesem Morgen überraschenderweise schon Hochbetrieb. Von Flugangst in der Bevölkerung keine Spur. Die lange Warteschlange vor dem Delta-Schalter wirkte auf Kathrin beruhigend, und sie beschloss, ihre Ängste vor Terroristen und Anschlägen zu verdrängen. Ana saß quengelnd auf dem Gepäckwagen, während Paul munter plappernd den silbernen Alukoffer eines gutaussehenden Mannes bestaunte.

»In dem Koffer ist sicher Geld drin. Das kenn' ich vom Fernsehen.«.

»Das wäre schön, junger Mann, wenn der Koffer voller Geld wäre. Aber da muss ich dich leider enttäuschen.« Der Mann zog eine Augenbraue hoch.

Paul ließ nicht locker. »Was ist denn dann drin?«

»In dem Koffer sind Bücher und Unterlagen. Alles ganz langweiliges Zeug.«

»Hm.« Paul zog ein enttäuschtes Gesicht. «Fliegst du auch zu den Amerikanern? Wir fahren in das Haus von meinem Daddy.«

Kathrin, die den Mann recht attraktiv fand, ging das Geplapper ihres Sohnes entschieden zu weit.

»Paul, jetzt reicht es. Entschuldigen Sie bitte, aber er ist nun mal sehr neugierig.« Sie versuchte einen strengen Ton einzuschlagen.

»Lassen Sie ihn nur, sind wir nicht alle ein bisschen neugierig?« Er lächelte.

Die Reihe war an ihnen, das Gepäck aufzugeben, und mit etwas Überredungskunst schaffte Kathrin es tatsächlich, dass die vielen Taschen und Koffer auf dem Beförderungsband verschwanden. Sie schaute auf die Uhr.

»So ihr beiden Quälgeister, wir haben noch eine Stunde Zeit, ich schlage vor, dass wir jetzt einen Kakao trinken gehen. Was haltet ihr davon?«

Paul drehte sich zu seiner neuen Bekanntschaft um. »Und was machst du?«

»Tja, vielleicht sollte ich auch einen Kakao trinken, wenn eure Mama nichts dagegen hat.«

Er schaute sie fragend an, und sie spürte zu ihrer Verärgerung, dass sie leicht errötete.

Sie hatten Glück und fanden in dem einzigen geöffneten Café einen freien Tisch. Kaum saßen sie, begann

Paul seinen neuen Freund erneut mit Fragen zu löchern. Am meisten beeindruckte ihn sein Beruf. Er war Parasitologe. Schon das Wort klang für die Kinder sehr interessant und musste mehrmals wiederholt werden. Er erklärte, dass ein Parasitologe sich um Fische und Algenkrankheiten kümmere und er an der amerikanischen Universität mehrere Vorträge über dieses Thema halten sollte, genauer gesagt über die Immunreaktionen von Fischen auf Meeresplankton. Wieder so ein Wort, bei dem Paul in Gelächter ausbrach. Außerdem erfuhren sie, dass sein Name Dr. Matthias Schäfer war, er in Stuttgart lebte, keine Kinder habe und einen Freund, der als Arzt in Oriental praktiziere, besuchen wollte.

Mit ernstem Gesicht erklärte Paul ihm noch, dass das Flugzeug aber nicht in den Orient fliegen würde, sondern direkt nach Amerika.

Die Stunde bis zum Einchecken verging für Kathrin fast zu schnell, sie hätte sich noch gerne länger mit ihm unterhalten. Die verschmitzten Augen, das etwas pausbäckige Gesicht und die grau-braun melierten Locken gefielen ihr äußerst gut. Es war lange her, dass ihr jemand auf Anhieb so sympathisch erschienen war. Doch der Aufruf ihres Fluges beendete das nette Gespräch jäh und sie checkten ein. Zu Kathrins Enttäuschung lag der Sitzplatz Dr. Schäfers einige Reihen von ihrem entfernt, so dass sie kaum die Möglichkeit haben würden, sich während des Fluges zu unterhalten.

Nachdem sich bei den Kindern die erste Aufregung über all das Neue gelegt hatte, schliefen sie kurz nach dem Start erschöpft ein. Kathrin genoss die Ruhe, las und begann sich langsam zu entspannen. Bei jeder unruhigen Bewegung des Flugzeugs allerdings sausten die Bilder der Terroranschläge von New York automatisch wieder durch ihren Kopf, und sie war erleichtert, als die Maschine nach zehn Stunden sanft auf dem Flugplatz von Raleigh landete.

Im Nu wurden auch die Kinder wieder munter, und Paul suchte aufgeregt nach seinem Dr. Schäfer. Die sehr genauen Handgepäck- und Visa-Kontrollen ermöglichten zu ihrer Freude sogar noch ein kurzes Gespräch mit ihm. Verschmitzt lächelnd reichte er ihr seine Visitenkarte.

»Wenn Sie mögen, rufen Sie mich doch mal an. Ich werde allerdings ca. zwei Monate hier in den Staaten bleiben, aber ich würde mich wirklich sehr freuen, Sie irgendwann in Stuttgart zum Essen einladen zu dürfen.«

Er verabschiedete sich von ihr und den Kindern, nahm sein Gepäck und stieg in ein Taxi.

Paul zupfte an ihrem Ärmel. »Der war nett, mh?«

»Ja, der war wirklich sehr nett.« Kathrin gab sich einen Ruck.

»So Kinder, jetzt schauen wir erst mal, wo unser Bus abfährt.« Sie setzte Ana mit auf den übervollen Gepäckwagen während Paul stolz mit seinem eigenen Koffer neben ihr her lief und allen Menschen ein fröhliches »Good morning« zurief.

Die dreistündige Fahrt, quer über Land vermittelt ihnen einen ersten Eindruck von der Weite und Vielfältigkeit dieses Teiles der USA. Üppige Wälder und Wasserfälle, dann Richtung Küste puppig wirkende Holzhäuser, Seen und Flussbetten, die zu ihrer Überraschung allerdings rot-braun, fast dreckig aussahen.

Endlich hielt der Bus vor einem schnuckeligen weißen Holzhaus wie aus dem Bilderbuch, unweit der Küste. Ana war sogleich Feuer und Flamme.

»Hier wohnt Pippi Langstrumpf.«

Paul dagegen schimpfte.

»Schau, da vorne ist das Meer, und du hast mir verboten die Angeln mitzunehmen. Das war richtig gemein. Okay?« Er stampfte mit den Füßen wütend auf. Doch Kathrin war zum Streiten viel zu müde.

»Okay, dann kaufen wir eben eine neue. Jetzt müssen wir erst mal nach dem Hausschlüssel suchen, den Fred hier irgendwo versteckt hat.«

Wie besprochen, lag er unter dem dritten Treppenabsatz der weißen Holztreppe, und nachdem sie die knarrende Tür geöffnet hatte, wusste sie, dass es herrliche Ferien werden würden.

Während der ersten Tage waren sie vollauf damit beschäftigt Freds Haus zu inspizieren, Einkäufe zu tätigen und die Gegend rund um das Anwesen auszukundschaften. Paul fand in der Speisekammer eine Angelausrüstung und war glücklich. Ana bestand darauf, nur noch mit Zöpfen à la Pippi rumzulaufen, und Kathrin verbrachte Stunden in der Hängematte, die auf der Terrasse angebracht wurde. Nach einer Woche fühlten sie sich richtig heimisch.

»Good morning, good morning. Mama, aufstehen.« Paul und Ana sangen im Chor und zupften an ihrer Nase.

»Na, ihr beiden Quälgeister.« Sie gähnte und streckte sich ausgiebig in dem großen, weißen, verschnörkelten Holzbett.

»Komm, wir haben Frühstück gemacht.« Paul steckte ihr den Finger ins Ohr, und Ana kuschelte sich unter ihre Decke. Durch das geöffnete Fenster kam der Geruch von Meer und Natur, von Ferien und Faulenzen herein.

Die Kinder zerrten sie aus dem Bett in die große helle Küche mit dem alten Dielenboden. Die beiden hatten den riesigen Holztisch liebevoll mit Marmelade, Erdnussbutter, Pflaumenmus und Haferflocken gedeckt.

»Hier Mami, ich hab' dir Blumen gepflückt.« Stolz streckte ihr Ana einen Strauß aus Farnen entgegen.

»Und ich hab' den Kaffee gemacht. Los, trink. Der wird kalt.«

Kathrin nahm einen kräftigen Schluck aus der dickwandigen mit blauen Fischen verzierten Tasse, und nur mit Mühe verkniff sie sich eine Grimasse. Es schmeckte widerlich.

»Hm, echt lecker.« Paul schaute sie mit großen strahlenden Augen an.

»Du weißt doch nie, ob du Tee oder Kaffee trinken magst. Da habe ich halt beides in die Tasse getan. War doch clever?« Sie gab ihm einen Kuss.

»Du wirst mal ein richtiger Erfinder werden oder Koch.« Ana krabbelte auf ihren Schoß.

»Und was werde ich?«

»Du bist doch schon was, du bist doch Pippi.« Kathrin tupfte ihr mit dem Pflaumenmus Sommersprossen ins Gesicht und biss herzhaft in ein Erdnussbrot.

»Was haltet ihr davon, wenn wir heute mal auf Schatzsuche gehen? Das muss man nämlich ganz früh morgens machen, wenn noch nicht so viele andere Schatzsucher unterwegs sind. Sicher finden wir was ganz Tolles.«

»Au ja, das können wir dann Papi zu Weihnachten schenken.« Paul war schon aufgesprungen.

»Warum ist er nicht hier?« Ana schmiegte sich mit einem Daumen im Mund an Kathrins Hals.

»Weil Papi so viel zu arbeiten hat und doch nur noch manchmal zu uns kommen kann. Das weißt du doch.« Sie küsste ihr die Sommersprossen weg.

»So, und jetzt los. Sonst haben uns die anderen nichts mehr übrig gelassen.«

Paul war begeistert, dass Kathrin heute morgen ausnahmsweise nicht auf Zähneputzen und sich waschen bestand.

»Mami, du bist okay.« Sie liefen, bepackt mit Netzen, Eimern und Schaufeln den kleinen Pfad durch die Dünen hinunter zum Wasser. Die vergangene Nacht war sehr stürmisch gewesen und der Strand übersät von Muscheln und bizarren Holzteilen. Paul rannte mit seinem Eimer und Kescher begeistert vor und schleppte seltsame »Schätze« an, die von Ana und Kathrin gebührend bestaunt wurden.

Sie liefen an dem Leuchtturm vorbei in Richtung der kleinen Bucht, in der Kathrin einige Tage zuvor eine gestrandete Meeresschildkröte entdeckt hatte. Doch schon fing Ana an zu maulen.

»Ich mag nicht so weit. Ich kann nicht mehr.«

Sie nahm die Kleine bei der Hand.

»Weißt du, ich kann mir vorstellen, dass wir dort sicher noch tollere Sachen finden werden.«

»Warum? Haben da Seeräuber was versteckt?«

»Ganz sicher, in einer Bucht werden viele Dinge angeschwemmt, die im Wasser schwimmen und nicht wissen wo sie hin sollen. Die bringt der Wind dann an Land.«

»Auch so eine Schatzkiste, die Pippis Vater hat?« Ana schaute sie fragend an.

»Das kann schon sein.« Paul nahm seine Schwester an die Hand, und die beiden stürmten los. Sie selber genoss es, einige Minuten für sich zu haben und beobachtete die Wellen, die in immer gleichem Rhythmus an ihre Gummistiefel klatschten. Langsam bummelte sie den außer Sichtweite geratenen Kindern hinterher. Und dachte an Dr. Schäfer.

Um so überraschter war sie, als Ana ihr atemlos entgegengerannt kam.

»Mami, komm ganz schnell, da ist was ganz Lustiges.« Sie zog ihre Mutter an der Hand vorwärts.

Schon von weitem waren aus der Bucht Stimmen von lachenden Kindern zu hören, und die Menschenansammlung ließ sie vermuten, dass vielleicht ein gestrandeter Wal oder wieder eine Meeresschildkröte der Auslöser dieses aufgeregten Treibens ist.

Aber was sie dann sah, brachte auch sie zum Lachen: Im seichten Wasser der kleinen Bucht schwammen Hunderte von gelben Gummienten, die von den Kindern mit glücklichen Gesichtern staunend eingesammelt wurden. Paul stand mit seinem Eimer, das Wasser bis zu den Knien reichend, ebenfalls mitten drin.

»Tausend Enten. Die bringe ich meinen Freunden mit. Die werden Augen machen: Gelbe Quietschenten aus Amerika, aus dem Meer. Sicher sind die wertvoll, weil die von Seeräubern sind.«

Ana sah ihre Mutter fragend an.

»Woher kommen denn die ganzen Enten?«

»Ich weiß es nicht. Aber ich kann mir vorstellen, dass der Gott der Meere den Kindern eine Freude machen wollte und deshalb die Enten über das Wasser in die Bucht geschickt hat.«

»Das ist aber nett von diesem Gott.« Sie strahlte.

Paul wirbelte mit seinem Eimer.

»So ein Quatsch. Das waren Piraten.«

Kathrin beobachtete mit den anderen Erwachsenen trockenen Fußes vom Strand aus das bizarre Schauspiel der Kinder und Enten. Ihnen allen war die Ursache dieser Entenflut äußerst rätselhaft.

Ana watete aus dem Wasser und streckte ihr mit spitzen Fingern zwei tote Fische entgegen.

»Schau mal, die Enten sind ganz böse, die haben viele Fische tot gemacht.«

Erst jetzt entdeckte sie bei genauerem Hinsehen die Masse lebloser Fische zwischen den gelben Quietschenten. Sie war entsetzt, fürchtete um die Gesundheit der Kinder und brach augenblicklich die Sammelaktion ab.

Die beiden maulenden und protestierenden Kinder mit ihren von Enten überquellenden Eimern im Schlepptau begaben sich auf den Heimweg, und nur die Aussicht auf Kakao und Sirupbrot stimmten die beiden wieder friedlich.

Paul ließ sich von ihr kleine Zellophantüten geben und packte jede Ente sorgfältig mit Sand und Muscheln ein, um sie zu Hause in Stuttgart als Schatz auf dem Kinderflohmarkt zu verkaufen. Ana hingegen malte ihren Enten mit Filzstift bunte Gesichter und gab ihnen Namen.

Zwei Tage später lüftete die Lokalzeitung das Geheimnis um die rätselhafte Entenschwemme:

Ein Container-Schiff war kurz vor der Küste in einen Sturm geraten, und die gesamte Ladung, dreißigtausend Schwimmtiere, ging über Bord. Die Strömung und der Wind hatten sie dann in die kleine Bucht getrieben.

Die zahlreichen toten Fische wurden mit keinem Satz erwähnt.

Die kommenden zwei Wochen vergingen mit Faulenzen, Ausflügen und langen Wanderungen für alle drei viel zu schnell. Es waren rundherum schöne, harmonische Tage, die nur zum Schluss von einem pickligen, juckenden Ausschlag auf Pauls Händen getrübt wurden.

Das Wartezimmer des einzigen praktischen Arztes in Oriental/South Carolina drohte aus allen Nähten zu platzen. Es waren überwiegend Mütter, deren Kinder unter Hautausschlägen und Übelkeit litten, was aber in den Sommermonaten an der Küste regelmäßig vorkam. Die Kinder halten sich zu lange im salzigen Wasser auf und die Sonne tut ein übriges. Dr. Patrick verschrieb die üblichen Salben gegen Allergien und tröstete Mütter sowie Kinder.

Wenn der kühle Wind den Herbst ankündigt, würde wieder Ruhe einkehren in seine kleine Praxis. Dann würden auch die Allergien nachlassen.

Einige seiner Patienten berichteten ihm von zahlreichen toten Fischen in den Gewässern rund um Hobucken. Aber auch das war normal um diese Jahreszeit. Das Wasser heizte sich auf, bekam nicht genug Sauerstoff. Das förderte die Algenbildung, die wiederum das Fischsterben verursachte. Also kein Grund zur Aufregung. Der über Bord gegangene Container war das einzig wirklich Aufregende in diesem Sommer gewesen. Mehrere Tage lang berichtete das Lokalblatt über das bizarre Strandgut, dass noch mehr Touristen anlockte. Nachdem auch dieses Phänomen geklärt war, machte sich die sommerliche Trägheit wieder breit. Dr. Patrick freute sich auf den angekündigten Besuch aus Stuttgart und war überrascht zu hören, dass sein Freund Matthias Schäfer an der North Carolina-Uni Gastvorlesungen über verschiedene Dinoflagellatenarten hielt: Algen, die sich zunehmend in den Meeren ausbreiteten. Ein Thema, das gerade jetzt im Sommer wegen der vermehrten Algenblüte, die dichte gelbe oder rote Teppiche auf den Gewässern bildete, sehr aktuell war.

Dr. Patricks Gelassenheit hielt allerdings nicht lange an.

Denn nach einigen Wochen stieg die Anzahl seiner hilfesuchenden Patienten dramatisch an, und er begann sich ernsthafte Sorgen zu machen. Zunehmend klagten ortsansässige Fischer über Übelkeit, Magenkrämpfe und sogar zeitweilige Ausfälle des Kurzzeitgedächtnisses. Er erkundigte sich bei der Gesundheitsbehörde nach dem aktuellen Stand der Wasserqualität und erfuhr, dass alle Werte ganz normal seien. Aber ihn irritierte ohnehin, dass die Mehrzahl seiner Patienten gar nicht direkt mit Fischen oder Meerwasser in Berührung gekommen waren.

Da kam ihm Schäfer mit seinem Fachwissen wie gerufen. Vielleicht war ja die vermehrte Algenbildung der Auslöser der Erkrankungen.

Einige Tage später fuhr Dr. Matthias Schäfer in seinem geliehenen Ford Mustang Cabrio zu Dr. Patrick, der ihn herzlich begrüßte.

»So einen hätte ich Ihnen gar nicht zugetraut.« Er ging bewundernd um den Wagen.

Schäfer grinste.

»Tja, so einen Luxus kann ich mir leider nur hier leisten. Wenn Sie mögen – lassen Sie uns eine Runde fahren.«

Dr. Patrick räusperte sich.

»Vielleicht später.« Er nahm ihn am Arm. »Ich bin froh, dass Sie da sind Matthias. Lassen Sie uns rein gehen, ich muss mit Ihnen reden, vielleicht können Sie mir weiter helfen.«

Er schilderte ihm die Symptome seiner Patienten und sein Misstrauen gegen das Gesundheitsamt, das angeblich monatlich Proben aus den umliegenden Gewässern entnahm. Konzentriert hörte Schäfer zu und erklärte sich bereit einige Analysen selbst im Forschungslabor der Uni vorzunehmen.

Gemeinsam fuhren sie zu der kleinen Bucht hinunter.

»Sehen Sie, Matthias, hier wurde vor einigen Wochen eine ganze Armada Quietschenten angespült. Vielleicht haben Sie davon gelesen?« Schäfer ließ seine Augen über die Bucht streifen.

»Das muss für die Kinder ja ein Spaß gewesen sein. Wenn man sich das mal vorstellt: dreißigtausend Schwimmtiere! Mich würde interessieren, wie weit die

Tierchen auf den Atlantik rausgetragen wurden. Vielleicht finden Kinder an der Küste von Argentinien auch welche. Wie eine Flaschenpost. Ist doch nett sich das vorzustellen.«

»Da haben Sie Recht, ein schönes Bild. Nur was weniger appetitlich war, zwischen den Enten befanden sich eine Vielzahl von Fischkadavern. Teilweise mit offenen Geschwüren.«

In einer Sandmulde entdeckte er noch eine der Enten.

»Sehen Sie, jetzt habe ich sogar noch ein nettes Souvenir.« Er steckte sie in seine ohnehin schon ausgebeulte Jackentasche.

Schäfer nahm einige Proben und füllte sie in Fläschchen, um sie im Labor zu untersuchen. Vorher setzte er seinen Kollegen wieder in seiner Praxis ab und versprach sich zu melden, sobald er etwas finden würde.

Stunden später machte er eine Entdeckung, die ihm den Atem stocken ließ.

Dr. Patrick saß in seinem Behandlungszimmer wie auf heißen Kohlen. Nachdem der letzte Patient mit schwärenden Ekzemen an Händen und Armen das Sprechzimmer verlassen hatte, hielt er es nicht mehr aus und griff zum Telefon.

Seit sieben Stunden beschäftigte sich Schäfer nun mit den Wasserproben, und von Stunde zu Stunde wurde er nervöser. Was er da unter dem Mikroskop zu sehen bekam, war unglaublich!

Als das Telefon klingelte, stand er aufgeregt vor dem Aquarium, in dem er das Wasser aus der Bucht aufbewahrte. Vor Eile fiel ihm der schwere, gläserne Deckel auf die Hand. Die Schramme war klein, aber es blutete. Fluchend ging er ans Telefon.

Dr. Patrick erkundigte sich vorsichtig nach den Werten der Wasserproben. Er bemerkte an der Stimme Schäfers, dass sein Anruf ungelegen kam.

»Ich kann Ihnen noch nichts Genaues sagen, aber es gibt einige Dinge, die müssen Sie sich selbst unter dem Mikroskop ansehen. Es ist unfassbar. Kommen Sie morgen vorbei. Es tut mir leid, aber ich habe jetzt keine Zeit, am Telefon darüber zu reden.« Er legte auf, um sich sogleich wieder über das Mikroskop zu beugen.

Am nächsten Morgen ließ Dr. Patrick seine Praxis geschlossen, um in Schäfers Labor an der North Carolina Uni zu fahren. Schäfer empfing ihn recht aufgeregt.

»Was ich Ihnen jetzt zeige, ist so atemberaubend, ich weiß nicht, ob Sie das Ausmaß dessen, was Sie sehen begreifen werden.« Sie setzten sich nebeneinander an das Mikroskop.

»Schauen Sie durch. Das was Sie da sehen, sind Planktonorganismen. Man könnte auch sagen winzige Algen. Diese hier vermehren sich rasend schnell, und jetzt kommt das wirklich Schlimme daran: Sie produzieren ein Gift, und das sogar im Süßwasser. Also, ich denke, dass die meisten Patienten mit dem Gift in Kontakt gekommen sind. Das Toxin der Algen hat eine zersetzende Wirkung auf die Haut, und ich habe die Befürchtung, das es sogar Ausfälle des Kurzzeitgedächtnisses verursachen kann.«

Dr. Patrick sah ihn irritiert an.

»Aber gestern hatte ich wieder einen Patienten, der ganz sicher war, nicht mit Meer-, See- oder Flusswasser in Berührung gekommen zu sein. Also muss es noch andere Übertragungswege geben.« Schäfer nickte nachdenklich und rieb sich heftig an der Hand.

»Sie sollten auf jeden Fall das hiesige Gesundheitsamt verständigen. Eigentlich müsste sofort ein Badeverbot verhängt werden. Ich darf mir gar nicht ausmalen, was alles passieren kann, wenn Kinder das Wasser schlucken.«

Dr. Patrick nickte nachdenklich.

»Ich werde mein Möglichstes tun, aber die Behörden sind hier sehr schwerfällig. Außerdem stecken die unter einer Decke mit dem Tourismusverband. Die werden Angst haben, dass die Gäste weg bleiben könnten.»

»Das ist überall das gleiche, die reagieren erst, wenn es die ersten Toten gibt.

Ich werde mir hier von der Uni einen Pick-up mit einem größeren Wasserbehälter ausleihen und noch mal zur Bucht fahren. Vielleicht habe ich Glück und finde noch einige tote Fische. Das Dumme ist, dass ich in drei Wochen wieder in Stuttgart sein muss. Wir haben also nicht mehr viel Zeit.«

Dr. Patrick verabschiedete sich. Besorgt fuhr er in seine Praxis zurück, um sich nochmals die Krankenblätter seiner Patienten anzusehen, und er informierte das Gesundheitsamt, die seine Befürchtungen als Panikmache und unbegründet abtaten. Es fehlten schlicht und einfach handfeste Beweise. Er hoffte, dass Schäfer in ein paar Tagen mit seiner Forschung weiter sein würde.

Zehn Tage, an denen die Patientenzahl in seiner Praxis stetig zunahm, wartete er vergeblich auf einen Anruf von ihm, aber Schäfer meldete sich nicht. Ging nicht einmal ans Telefon. Patrick begann sich ernsthaft zu sorgen und fuhr abermals in das kleine Labor der Uni, dass ihm zur Verfügung gestellt wurde.

Fahrig und nervös hantierte Schäfer zwischen den Mikroskopen und Wasserbecken.

»Haben Sie bei der Gesundheitsbehörde etwas erreicht?« Dr. Patrick setzte sich und schüttelte den Kopf.

»Die haben Angst, dass die Touristen ausbleiben könnten, wenn die Badestrände gesperrt sind. Außerdem wollen die Beweise.« Klirrend fiel ein Reagenzglas zu Boden.

»Geht es Ihnen nicht gut?« Schäfer wischte sich mit dem Ärmel seines Laborkittels den Schweiß von der Stirn.

»Doch, doch, ich schlafe gerade nur etwas zu wenig. Also, ich bin mittlerweile der Auffassung, dass sich die Krankheitserreger nicht nur über das Wasser, sondern auch über die Luft, die Nahrung, kurz, auf jede Weise verbreiten können. Noch habe ich keine detaillierten Beweise dafür aber, Dr. Patrick, Sie können sich vorstellen, was das für Auswirkungen haben könnte.« Er sprach vollkommen hektisch, lief nervös auf und ab und kratzte sich fortwährend an der Hand. Besorgt sah ihn Dr. Patrick an.

»Matthias, Sie sollten mal in meiner Praxis vorbei kommen.«

»Mein Gott, es ist nichts. Ich bin nur unter Zeitdruck, Sie wissen doch, dass ich zurück nach Deutschland muss.« Er setzte sich und starrte abwesend ins Leere. Dann sprang er wieder auf.

»Ich schaue, was ich bis morgen Abend hier noch machen kann. Alles weitere erfahren Sie dann aus meinem Stuttgarter Labor.«

Einige Tage später packte er seinen Koffer und bestieg frustriert die Maschine nach Deutschland.

Seit dem Urlaub bereitete der siebenjährige Paul seiner Mutter einigen Kummer.

Seine schulischen Leistungen wurden immer schlechter. Er brach in unkontrollierte Wutausbrüche aus, oder starrte oft stundenlang apathisch ins Leere. Sein Klassenlehrer sprach sogar von Konzentrationsstörungen. Auch litt er unter einem quälenden Ausschlag an Händen und Füßen.

Und dann eines morgens passierte es: Paul stand mit einem großen Küchenmesser im Badezimmer und schnitt den vier Quietschenten, die er nicht auf dem Kinderflohmarkt verkaufen konnte, die Köpfe ab. Dabei brüllte er.

»Ihr sollt sterben.« Fassungslos stellte sie ihn zur Rede. Paul starrte sie mit weitaufgerissenen Augen an und schrie:

»Die sind böse, böse, böse.« Dann brach er in Tränen aus.

Am nächsten Tag suchte sie mit ihm einen Kinderarzt auf. Er verschrieb Salben gegen den Ausschlag und empfahl einen Kinderpsychologen.

Kathrin hielt nichts von Psychologen. Die schadeten ihrer Meinung nach häufiger als sie nützten. Aber wie konnte es sein, dass ihr Sohn, der eigentlich ein ruhiger, sanfter Junge war, in so kurzer Zeit solch eine Wandlung durchmachte? Litt er vielleicht doch mehr unter der Trennung von seinem Vater, als sie annahm, und äußerte sich sein Schmerz in unkontrollierten Aggressionen?

Zwei Stunden verbrachte Kathrin in ihrer Buchhandlung vor dem Regal mit den Psychoratgebern und nahm schließlich ein Buch mit dem Titel ›Die verborgenen Ängste der Scheidungskinder‹ mit nach Hause.

Sie machte es sich auf dem Sofa bequem und las es jetzt schon zum dritten Mal, aber bisher hatte es nicht geholfen, um aus Pauls Verhalten schlau zu werden. Der Urlaub war bereits in weite Ferne gerückt und die Aufregung und Sorge um Paul beanspruchten sie vierundzwanzig Stunden am Tag.

Ana lag friedlich schlafend in ihrem Bettchen, während aus Pauls Zimmer lautes Poltern drang. Dumpfe Schläge, gefolgt von scheppernden und krachenden Geräuschen. Müde erhob sie sich, um nach dem Rechten zu sehen.

Paul befand sich in einer Ecke seines Zimmers und schleuderte die Einzelteile der zuvor über mehrere Tage hinweg mühsam zusammengesetzten Ritterburg an die Wand.

Hilflos blieb sie im Türrahmen stehen.

»Du hast dir doch solche Arbeit gemacht, warum machst du denn jetzt wieder alles kaputt?« Sie wusste einfach nicht mehr, was sie ihm noch sagen konnte.

»Das ist alles Mist, Mist, Mist.« Er warf die restlichen Teile nach ihr, die haarscharf an ihrem Kopf vorbei flogen.

Kathrins Nerven machten nicht mehr mit. Sie verpasste ihm eine Ohrfeige und zerrte ihn ins Bad.

»So, mein lieber Freund, jetzt reicht es aber. Du putzt dir sofort die Zähne und gehst schnurstracks ins Bett. Und sei nicht so laut, Ana schläft.«

Er stampfte mit den Füßen auf.

»Nein, nein, ihr seid alle böse. Ich putze mir nicht die Zähne.« Er riss sich los, rannte in sein Zimmer, schmiss sich auf sein Bett und zog die Decke über den Kopf.

»Mach doch was du willst.« Genervt knallte sie seine Zimmertür zu. Tränen liefen über ihre Wange. Sie wusste nicht ob aus Müdigkeit, Trauer oder Wut. Erschöpft rollte sie sich auf dem Sofa zusammen und wenige Minuten später fielen ihr die Augen zu.

Irgendwann in der Nacht schreckte sie hoch. Einen Moment lang war ihr nicht bewusst ob sie träumte oder wach war. Aus Anas Zimmer ertönte fürchterliches Gebrüll. Sie sprang auf und riss panisch die Kinderzimmertür auf.

Ana lag schreiend in ihrem Bett. Von ihrem Oberarm tropfte Blut auf die geblümte Bettdecke. Neben dem Bett stand Paul. Er hatte eine Küchenschere in der Hand. Mit zwei Schritten war sie bei ihm und entriss ihm die Schere. Er sah sie mit großen Augen stumm an.

»Bist du wahnsinnig geworden?« Sie schüttelte ihn und zum zweiten Mal gab sie ihm eine Ohrfeige. Teilnahmslos starrte er vor sich hin.

»Geh sofort in die Küche. Und da wartest du auf mich.« Sie hob die leise wimmernde Ana aus ihrem Bettchen um den blutenden Arm zu untersuchen. Erleichtert stellte sie fest, dass die Wunde nicht besonders tief war. Mit zitternden Händen verband sie den Arm ihrer Tochter, die still weinte.

»Liebes, ist ja schon wieder alles gut.« Sie wiegte sie in ihrem Arm.

»Warum hat mir Paul weh getan? Ist er mir böse?« Fragend schaute sie ihre Mutter an.

»Nein, ich glaube er ist krank. Du musst keine Angst haben.« Sie brachte Ana zurück in ihr Bett, die vor Erschöpfung sofort einschlief. Dann rief sie ihre Mutter an und bat sie schnell zu kommen. Danach lief sie zu Paul. Die Küche war leer. Verwirrt rannte sie in sein Zimmer. Er lag, als ob nichts geschehen war, friedlich in seinem Bett und schlief. Perplex stand Kathrin vor seinem Bett, sie konnte es nicht fassen! Am liebsten hätte sie ihn wachgerüttelt, sie wollte wissen was in ihm vorging. Gleichwohl war sie froh, die Auseinandersetzung aufschieben zu können. Entkräftet legte sie sich aufs Sofa.

Es klingelte. Ihre Mutter stand vor der Tür. Sie sah mit einem Blick, dass etwas Entsetzliches passiert war. Stockend erzählte ihr Kathrin von dem grausigen Vorfall. Sie konnte es nicht glauben. Paul war doch so ein nettes, ruhiges Kind. Kathrin brach in Tränen aus.

»Er ist wie verwandelt. Er macht mir Angst. Mami, ich weiß nicht mehr weiter, was soll ich denn nur tun?« Ihre Mutter nahm sie in den Arm.

»Kindchen, jetzt beruhige dich. Wo ist er denn überhaupt?«

In diesem Moment rannte Paul aus seinem Zimmer und begrüßte fröhlich seine Oma als ob nichts passiert wäre. Er begriff offenbar nicht, was er kurz vorher angerichtet hatte. Oder hatte er es schon vergessen?

Fassungslos beobachtete sie ihren Sohn. Ihre Kehle war wie zugeschnürt. Sie ließ sich auf einen Stuhl sinken, unfähig irgendetwas zu sagen.

»Darf ich jetzt mit zu dir?« Paul sah seine Oma erwartungsvoll an. Einen Augenblick zögerte sie. Kathrin nickte stumm.

»Das ist eine gute Idee von dir. Du packst jetzt deine Sachen, und dann bleibst du ein paar Tage bei mir.« Sie gab ihm einen Klaps auf den Po, und er verschwand hüpfend in seinem Zimmer. Ein Gefühl der Erleichterung stieg in Kathrin hoch, und fast schämte sie sich dafür.

Ana erholte sich zum Glück schnell von dem Schrecken, und Kathrin war froh, einige Tage mit ihrer Tochter allein sein zu können. Sie gingen jeden Tag gemeinsam in die Wilhelma und bestaunten die Affenbabies. Ana konnte gar nicht genug davon bekommen, und nach zwei Tagen schien alles vergessen, sie lachte wieder herzhaft und vermisste sogar ihren Bruder.

Kathrin dagegen konnte das Bild der blutenden Kleinen im Bett nicht verdrängen. Sie vereinbarte nun doch einen Termin bei einem Kinderpsychologen und holte Paul fünf Tage nach dem schrecklichen Ereignis bei ihrer Mutter ab. Er wirkte völlig entspannt und ausgeglichen. Als sie versuchte mit ihm über seinen Zorn zu reden, schien es, als habe er tatsächlich den Vorfall vergessen.

Mit sehr gemischten Gefühlen betrat sie die Praxis des Psychologen, Paul fest an ihrer Hand.

Sie wollte verstehen, was in ihrem Sohn vor sich ging, aber die Angst vor dem Ungewissen überwog. Neugierig sah Paul sich in der Praxis um und bestaunte die zahlreichen Kinderzeichnungen an den Wänden.

»Ich kann auch gut malen. Und Amerikanisch kann ich auch: Okay, Mister?«

»Okay, mein Freund. Dann werden wir zuerst gemeinsam was malen, und dann erzählst du mir, woher du so gut Amerikanisch sprichst. Okay?« Kathrin spielte nervös an einer Haarsträhne.

»Und deine Mama schicken wir solange zum Einkaufen. Okay?«

Mit einem unbehaglichen Gefühl verließ sie für eine Stunde die Praxis und ging mehrmals um den Block.

Außer einer Störung des Kurzzeitgedächtnisses stellte er bei Paul keine Auffälligkeiten fest.

»Sie müssen sich deshalb keine Sorgen machen, es könnte durchaus wachstumsbedingte Ursachen haben. Das wäre zwar ungewöhnlich, aber nicht undenkbar. Ich hatte in letzter Zeit einige ganz ähnliche Fälle.« Kathrin atmete erleichtert auf.

Beim Hinausgehen blieb ihr Blick auf einem Regal, bestückt mit allerlei Kuriositäten, haften.

»Schön bunt nicht war? Das sind alles Geschenke meiner kleinen Patienten.«

»Solche hab ich auch.« Paul zeigte auf zwei gelbe Enten. »Aus Amerika.« Ungeduldig schob ihn Kathrin aus der Praxis.

Gedankenversunken räumte sie die Wohnung auf. Ana war im Kindergarten, und Paul, dem es deutlich besser ging, in der Schule. Nach der ganzen Aufregung der letzten Zeit hatte sie einiges um sich herum vernachlässigt. Der Karton mit den Urlaubsfotos lag angestaubt unter dem Bett. Sie zog ihn hervor und sah sich in Ruhe die Bilder des USA-Urlaubs an. Unvermittelt sprang sie auf und durchforstete ihre Notizbücher nach der Visitenkarte von Dr. Schäfer. Sie hatte große Lust ihn wieder zu sehen. Aufgeregt griff sie zum Telefon. Seine Stimme klang genau so sympathisch wie damals, und er schien sich über ihren Anruf zu freuen.

Am nächsten Tag fuhr sie mit klopfendem Herzen zur Uni nach Stuttgart-Vaihingen um ihn dort abzuholen. Mit feuchten Händen stand sie vor der Tür seines Labors und strich sich aufgeregt durch die Haare, bevor sie anklopfte.

»Kommen Sie nur rein, hier gibt es nichts, was beißen könnte.« Er saß in einem weißen Arbeitskittel über einem Mikroskop gebeugt, und deutete mit einer Handbewegung auf einen Stuhl.

»Setzen Sie sich, Kathrin, ich bin gleich soweit. Nur noch ein paar Sekunden.« Kathrin beobachtete ihn, wie er auf einer kleinen Glasplatte vorsichtig irgendetwas zerteilte. Dabei fiel ihm eine Locke in die Stirn. Er hatte ein hübsches Profil und wirkte etwas dünner als damals.

»So, jetzt muss ich nur noch auf einen Anruf eines Kollegen aus den Staaten warten, dann können wir los.« Er zog seine Laborhandschuhe aus und stand auf, um sie mit einem Kuss auf die Wange zu begrüßen. Dabei vermied er es, ihr die Hand zu reichen, die von einem großflächigen Ausschlag entstellt war, ähnlich dem, der Pauls Hände entstellt hatte.

Das Telefon klingelte.

»Tut mir leid, Kathrin, dass ich Sie so lange warten lasse.« Sie setzte sich wieder und lauschte unwillkürlich dem Gespräch.

»Ich weiß, dass die Behörden für ein generelles Badeverbot Beweise brauchen ... Nein, ich bin nicht weiter gekommen ... Ich habe auch noch andere Verpflichtungen ... Solang die keine Forschungsgelder zur Verfügung stellen ... Wir müssen es dabei bewenden lassen ... Zum Glück haben Sie keine neuen Fälle ... Gut, warten wir das nächste Jahr ab.« Er legte mit einem Seufzer auf.

»Wenn Sie wüssten, mit was für Dingen wir uns hier immer herum ärgern müssen. Aber genug davon. Wie wäre es mit einem Spaziergang rund um den Bärensee?« Er zog seinen Kittel aus und hängte ihn in einen Schrank, auf dem eine gelbe Ente stand. Sie lächelte und deutete auf das Gummitier.

»Haben Sie damals in Carolina von der Schiffskatastrophe gehört, bei der tausende solcher Enten über Bord gegangen sind?«

»Das ist eine von denen.« Er zog seine Jacke über.

»Wenn alle Katastrophen so harmlos wären ...« Sie gingen hinaus in die milde Herbstsonne.

Dass womöglich in hunderten von Kinderzimmern, in Sandkisten und in Bädern kleine gelbe Quietschenten standen, in deren Inneren giftige Dinoflagellaten wuchsen, die völlig ohne Wasser existieren können, biologische Zeitbomben also, das ahnte zu diesem Zeitpunkt freilich noch gar niemand ...

Die Überfahrt

Immer, wenn Dieter Witthold endlich wieder die Neue Weinsteige erreicht hatte, erfreute er sich am Anblick seiner Heimatstadt. Gemütlich und geborgen lag sie vor ihm, eingebettet zwischen Hügeln und Weinbergen.

Drei Monate war er mit seiner Fotoausrüstung kreuz und quer durch Indonesien gereist, auf der Suche nach Seenomaden. Es war nicht leicht gewesen, diesen Volksstamm aufzustöbern, der auf winzigen Wohnbooten lebte und ständig von einem Ort zum nächsten zog. Er hatte dabei unzählige Filme verknipst und jede Menge interessanter Leute kennen gelernt. Zufrieden mit dem Ergebnis seiner Arbeit und überzeugt von der eigenen Genialität als Fotograf lehnte er sich entspannt im Taxi zurück.

Der Fahrer kurvte die Hasenbergsteige hinauf und schimpfte über den VfB und die Asylanten. Dieter bemühte sich, nicht hinzuhören. Geschwätzige Taxifahrer konnte er nicht ausstehen. Er atmete auf, als sie endlich vor der schmucken Jugendstilvilla hielten.

Das Haus hatte früher mal seinen Eltern gehört. Aber vor zwölf Jahren hatten sie es in Wohnungen aufgeteilt und verkauft, um sich einen Traum zu erfüllen: Capri. Der Gedanke an diesen Vorgang genügte, um ein heftiges Magendrücken bei ihm hervorzurufen.

Er zahlte, ohne dem Fahrer auch nur einen Cent Trinkgeld in die Hand zu drücken, und stieg samt seinem Gepäck hinauf in den dritten Stock. Immerhin hatten ihm seine Eltern diese Wohnung zur Hochzeit geschenkt.

Erschöpft ließ er sein Gepäck im Wohnzimmer fallen, öffnete die Fensterläden und goss sich einen Whisky ein. Olga, die Putzfrau, hatte seine Post wie immer ordentlich auf dem kleinen Marmortischchen gestapelt und jeden Raum mit frischen Sommerblumen dekoriert.

Mit dem Whisky und der Post machte er es sich auf seinem Designersofa bequem. Die Rechnungen schob er ungeöffnet zur Seite. Ihn interessierte nur die neueste Ausgabe eines Reisemagazins. Schließlich hatten die einige seiner Fotos veröffentlicht. Insgeheim freute er sich immer noch wie ein Schneekönig, wenn er seinen Namen unter den Fotos lesen konnte.

Das Läuten des Telefons riss ihn aus seinen Gedanken. Er stolperte dabei über das achtlos hingeworfene Gepäck und fluchte, als er den Hörer abnahm.

»Wittholdt.«

»Na, Alter, da bist du ja endlich wieder. Wurde auch Zeit. Wie wär's mit einem saftigen Steak, Junge – oder bist du da unten vielleicht Vegetarier geworden?« Es war Andreas Gerster, sein Saufkumpan und vermutlich auch sein einziger Freund.

»Von wegen. Ich habe mindestens jede zweite Nacht vom ›Maredo‹ geträumt. Zwei Monate nur Reis und Fisch ...« Am anderen Ende der Leitung lachte Andreas schadenfroh.

»Gut, dann also im ›Maredo‹. In einer Stunde. Abgemacht?«

»Abgemacht!« Dieter legte auf und ging ins Bad, um sich zu rasieren. Sein Blick fiel auf die kitschige Seifenschale, die ihm seine Mutter vor zwei Jahren geschenkt hatte. Die blaue Grotte von Capri! Seufzend gestand er sich ein, dass doch allmählich mal wieder ein Besuch bei der alten Dame fällig wäre. Sie war jetzt 83 Jahre alt, wer weiß, wie lange sie es noch machen würde. Aber nach ihrem Tod – da würde er alles erben: alles!

Er griff nach dem Rasierwasser, das ihm nach den faszinierenden Gerüchen Asiens merkwürdig fade erschien, und schlüpfte in ein von Olga frisch gebügeltes Hemd, trank noch einen Whisky und machte sich auf den Weg. Erst auf der Treppe bemerkte er, daß er vergessen hatte, die Socken anzuziehen. Logisch, während seines Aufenthaltes in Indonesien hatte er nie welche getragen. Also, zurück in die Wohnung. Er wählte die dunkelroten Seidensocken mit dem eingestickten Monogramm. Ein Weihnachtsgeschenk seiner Ex-Frau. Sie hatten sich vor zwei Jahren getrennt, nach kaum einem Ehejahr. Nicht gerade ein Ruhmesblatt – das musste er sich eingestehen.

Er schob die trüben Gedanken beiseite, ging in die Garage und ließ sich in seinen Porsche fallen. Völlig schwarz. Keine Chromleisten, Heckspoiler oder ähnlich geschmackloser Schnickschnack beeinträchtigten die edle Form. Gut, da waren auch noch ein paar Raten fällig. Aber, seis drum! Energisch verdrängte er auch diesen unangenehmen Gedanken und rollte mit seiner Edellimousine hinaus auf die Straße.

Auf halber Strecke zum ›Maredo‹ überlegte Dieter es sich anders. Abrupt bremste er ab und wendete den Porsche, was ihm beinahe die Kollision mit einem Bus eingebracht hätte. Nein, jetzt erst einmal auf direkter Linie zum Fotostudio im Stuttgarter Westen. Erst musste er sich das neue Material auf dem Lichttisch ansehen, zumindest flüchtig.

Ralf Mahn, sein Assistent, der sich während Dieters zahlreichen Auslandsaufenthalten ganz alleine um das Studio kümmerte, war nicht anwesend. Doch immerhin, auch er hatte die Post wenigstens ordentlich gestapelt. Der Fotograf öffnete rasch die interessant aussehenden Briefkuverts. Was eher nach Rechnungen und Bankschreiben aussah, legte er achtlos zur Seite. Anschließend widmete er sich voller Spannung und Freude den neuen Bildern.

Das nervtötende Klingeln des Handys unterbrach jäh diese Tätigkeit.

»Kommst du noch oder hast du mich vergessen? Du bist wieder in Deutschland, und hier legen wir schließlich immer noch Wert auf Pünktlichkeit!« frotzelte Andreas sarkastisch.

»Schon gut, schon gut. Ich bin sofort da. Du kannst ja schon mal für mich bestellen – das Größte, was sie auf Lager haben.«

Elisabeth Wittholdt saß in ihrem Rollstuhl am Fenster des gelben Salons. Es war ihr Lieblingsplatz. Der Ausblick über den Garten hinaus auf das Meer: Er war schlichtweg grandios, vor allem bei stürmischer See. Doch heute hatte sie dafür keinen Blick – heute betrachtete sie lediglich kummervoll die Fotografie in ihrer Hand. Diese zeigte ihren Sohn Dieter zusammen mit der Schwiegertochter Andrea – der Ex-Schwiegertochter besser gesagt! Das Foto war kurz vor der Hochzeit aufgenommen worden. Jedesmal beim Betrachten des Bildes fuhr ein schmerzhafter Stich durch das Herz der alten Dame.

»Die beiden waren doch so ein schönes Paar. Aber dieser verdammte Egoist ...« Ärgerlich legte sie das Bild zur Seite und sie griff zur nächsten Fotografie: Erwin, ihr verstorbener Mann war darauf zu sehen, Hand in Hand mit ihr selbst, vor einem Fischerboot auf Capri. Sie erinnerte sich noch ganz genau, wann das Bild aufgenommen worden war. Genau, auf der Rückseite stand es aufgedruckt zu lesen – am 21. Mai. Vor zweiundzwanzig Jahren.

Damals hatten sie zum ersten Mal Capri besucht. Erwin war von Beruf Kameramann beim Süddeutschen Rundfunk gewesen. Er hatte eine Reportage über Ischia, Capri und die Blaue Grotte gedreht und sich dabei Hals über Kopf hoffnungslos in die Insel und ihre Bewohner verliebt. Sie musste lächeln, als sie daran zurückdachte, wie fasziniert er ihr davon erzählt hatte.

Ihre Vorliebe hatte bisher eher Frankreich gegolten, schon allein der Küche wegen. Teigwaren, nein, das war nicht nach ihrem Geschmack. Auch den schwäbischen Nationalspeisen wie Maultaschen hatte sie nie etwas abgewinnen können, und was stellten denn Tortellini im Grunde anderes dar? Doch immerhin, zu einem Kurzurlaub in der magischen Inselwelt ließ sie sich dennoch gerne überreden.

Und so wohnten sie in der alten Villa von Tonio Maretti, einem italienischen Kollegen ihres Mannes. Das romantische Haus lag atemberaubend und malerisch auf einem Felsvorsprung inmitten eines herrlichen Gartens, in dem Bougainvilleen, Oleander, Azaleen und Zitronenbäume blühten und dufteten. Von ihrem Bett aus konnte sie das Meer hören, wie es beständig gegen die Klippen schlug. Sie liebte diese Musik. Liebte sie über alles!

Die Villa selbst präsentierte sich zwar schon etwas marode, auch die typischen italienischen Farben, warmer Ocker, Gelb und Terrakotta waren deutlich verblasst. Aber vielleicht war ja genau das jener morbide Reiz, von dem so viele Italien-Urlauber sich schon hatten bezaubern lassen. Als Erwin zusammen mit seiner

Frau am letzten Tag ihres Aufenthaltes, zur Krönung gewissermaßen, in die Blaue Grotte ruderte, da war es endgültig um sie geschehen: Die Insel Capri hatte auch sie in ihren Bann gezogen. Und das bedeutete, dass sie nun an sämtliche Urlaube regelmäßig auf der Insel ihrer Träume verbrachten. Nur hier, wo sonst? Als die Eltern dann auch noch damit begannen, an der Volkshochschule Italienisch zu lernen, da hatte sich Dieter lauthals über die verrückten Alten lustig gemacht. Doch diese hatten längst beschlossen, ihren Lebensabend auf Capri verbringen zu wollen – und für dieses Ziel nahmen sie die Mühe des Italienisch-Unterrichts gerne auf sich.

Maria, die Haushälterin, die nun nach dem Schlaganfall der alten Dame auch als deren Pflegerin fungierte, klopfte energisch an die Tür des Salons. »Signora Wittholdt, Entschuldigung! Sie haben Besuch. Signor Ricardo ist gekommen! Er wartet unten und lässt fragen, ob Ihnen sein Besuch angenehm wäre.« Ricardo, wie nett!

»Schön! Das ist gut, Maria, lassen Sie ihn bitte herauf kommen.« Rasch fuhr sie sich mit dem Kamm durch die Haare und zog ihre Lippen nach.

Ja, sie hatten Glück gehabt, damals. Kurz nach Erwins Pensionierung suchte nämlich eben jener Ricardo, der Sohn des inzwischen verstorbenem italienischen Kamera-Kollegen, einen Käufer für das Haus seiner Eltern. Gesagt, getan. Die Wittholdts verkauften ihr Haus in Stuttgart und erstanden mit dem Erlös die zauberhafte Villa, in der sie vor fünfzehn Jahren ihren allerersten Capri-Urlaub verbracht hatten.

Erwin war damals fünfundsechzig Jahre alt gewesen, noch »gut beieinander«, wie man so sagt, und ein geschickter Hobbyhandwerker dazu. Fast bis zu seinem Tod genoss er es, an dem heruntergekommenen Haus herumzuwerkeln. Dieter, der zu dieser Zeit noch recht häufig mit Andrea zu Besuch kam, freundete sich dabei irgendwann mit dem gleichaltrigen Ricardo an. Beide hatten sie ein Faible für schnelle Motorboote. Ricardo besaß so einen kleinen Flitzer und erwarb damals überdies auch noch gerade sein Kapitänspatent. Inzwischen war er Kapitän auf einem der großen Katamarane geworden, die als Fähren zwischen Capri und dem Festland verkehren.

Es klopfte erneut und wenig später betrat Ricardo mit einem großen Strauß Mimosen den Salon.

»Signora, Sie sehen wie immer fantastisch aus.« Galant küsste er ihre Hand.

»Ach, Ricardo, Sie sollten eine alte Frau nicht belügen! Aber es freut mich sehr, dass Sie mich einmal wieder besuchen.«

Ricardo war genau in Dieters Alter, und dennoch hätten die beiden Männer unterschiedlicher nicht sein können.

Ihr Sohn war unsensibel, ein Egoist und Aufschneider. Ricardo dagegen präsentierte sich charmant, pflichtbewusst und strebsam. Und hilfsbereit! Nach ihrem Schlaganfall vor drei Jahren hatte er ihr mit Rat und Tat zur Seite gestanden.

Dieter dagegen hatte nie ernsthaft versucht, sie zu überreden, in die alte Heimat nach Stuttgart zurückzukehren. Weshalb, darüber war sie sich durchaus im Klaren. Eine an den Rollstuhl gefesselte Mutter bedeutete doch nur eine Belastung. Nichts mehr und nichts weniger. Eine Belastung, die er doch lieber in der Ferne als in der Nähe wusste.

Aber sie hätte Capri ohnehin nicht verlassen. Italien war längst zu ihrer neuen Heimat geworden. Die Menschen, die Sonne, das Meer und sogar das Essen. Hier auf Capri wollte sie leben, selbst ohne ihren Mann, und irgendwann auch hier sterben.

Ricardo hatte ihr auch bei den Verhandlungen mit den Handwerkern geholfen, als sie die Villa und den Garten rollstuhlgerecht hatte umbauen lassen.

»Was für wundervolle Mimosen, Ricardo! Fast so schön wie die in meinem Garten.« Sie lächelt ihm augenzwinkernd zu.

»Maria, eine Vase, bitte!«

Ricardo mimte den Verlegenen, ein kleines Spielchen, das sie vor fast fünfzehn Jahren begonnen hatten.

»Und das nächste Mal lassen Sie sich bitte gleich von Maria eine Gartenschere geben.«

Maria brachte eine Vase, versorgte die Blumen und stellte sie auf die Kommode neben den Fotografien von Dieter und Andrea.

»Wie geht es ihrem Sohn, Frau Wittholdt? Ich habe lange nichts mehr von ihm gehört.« Ricardo zog einen Stuhl heran und setzte sich neben ihren Rollstuhl.

»Das weiß ich leider nicht. Ich nehme an, er hat viel zu tun. Ich glaube, er ist gerade unterwegs in Indonesien. Aber er meldet sich nur selten. Sie wissen doch, dass er es mir sehr übel genommen hat, weil ich bei seiner Trennung für Andrea Partei ergriffen habe.« Sie deutet auf die Vitrine. »Wie wäre es jetzt mit einem kleinen Vin Santo, Ricardo?«

Er nickte, erhob sich und nahm zwei Gläser samt einer Kristallkaraffe aus der Vitrine und balanciert sie elegant zu dem Beistelltisch am Fenster. Auch das gehörte längst zum Ritual.

»Sie haben auch nichts von ihm gehört?« Ricardo schüttelte den Kopf.

Dass Dieter anscheinend auch den Kontakt zu Ricardo hatte einschlafen lassen, das bedauerte sie wirklich. Die beiden hatten sich schließlich gut verstanden, damals, als ihr Sohn noch häufig mit Andrea zu Besuch gekommen war. Vielleicht war dieser dumme Streit schuld daran. Damals, auf dem Fest, das Ricardo zur Feier seines Kapitänspatentes gegeben hatte.

Einige Minuten lang saßen die beiden schweigend nebeneinander im Zimmer und genossen die herrliche Aussicht.

Doch Elisabeth Wittholdt spürte es. Irgend etwas schien Ricardo zu bedrücken.

»Sagen Sie, Ricardo, geht es Ihnen nicht gut? Haben Sie Probleme?«

»Oh no, Signora, alles in bester Ordnung. Va bene.«

Er schenkte sich noch ein Glas ein, dann räusperte er sich verlegen.

»Nun ja, Probleme nicht direkt. Höchstens ein bisschen Ärger mit den Behörden. Mit der Polizei. Die Wellen. Sie behaupten, mein Schiff verursache angeblich gefährliche Wellen. Vor einigen Tagen soll ich dadurch ein Fischerboot zum Kentern gebracht haben. Stellen Sie sich das vor, Signora.« Er zog eine Schachtel Marlboro aus der Jackentasche.

»Darf ich?«

Sie nickte.

»Erzählen Sie. Ist es denn möglich, dass solche gefährlichen Wellen entstehen?«

Ricardo erhob sich und ging zum Fenster. Irgendwie wirkte er mit einem Mal nervös und beunruhigt.

»Nun, also ich habe es so verstanden: Das Wasser muss an der Stelle sehr flach gewesen sein. Dadurch hat sich die Bugwelle vor meinem Schiff immer höher aufgetürmt, obwohl das Meer doch völlig ruhig war. Das sagen die von der Wasserschutzpolizei zumindest. Weil ich zu schnell gefahren bin. Das komme nur bei Katamaranen vor. Die Welle soll fünf Meter hoch gewesen sein.«

»Aber das war dann doch nicht ihre Schuld, Ricardo.«

Ricardo seufzte.

»Sie sagen, ich sei zu schnell gefahren. Basta! Na ja, vielleicht bin ich das ja auch tatsächlich. Aber wie auch immer – deshalb bin ich nun verwarnt worden. Vielleicht muss ich sogar noch eine Strafe bezahlen. Dio cane.« Er flucht leise.

»Manchmal ist das Leben nicht so einfach, Signora.«

Andrea stand in Esslingen in ihrer winzigen Küche und legte die Hautcreme zurück ins Regal, mit der sie jeden Morgen das fünfmarkstückgroße Feuermal einrieb, das ihr Sohn Alessandro an der Schulter trug. Sie sah aus dem Fenster. Wieder so ein trüber Tag. Es regnete jetzt bald seit einer Woche. Dass sie mit dem Kleinen nicht auf den Spielplatz gehen konnte, zerrte langsam an ihren Nerven. Gleichzeitig machte sich in ihr ein Gefühl von Fernweh breit. Alessandro lächelte sie an. Als im Radio dann auch noch Paulo Conte gespielt wurde, fasste sie es als Zeichen auf und entschloss sich spontan, ihre ehemalige Schwiegermutter in Capri zu besuchen. Frau Wittholdt würde sich ganz bestimmt freuen, wenn sie für einige Tage bei ihr wohnten. Sie hatten schließlich schon immer ein sehr gutes Verhältnis miteinander gepflegt, und durch die Trennung von Dieter war ihre Freundschaft sogar eher noch enger geworden. Andrea nahm ihren Sohn entschlossen auf den Arm.

»Komm, wir rufen jetzt bei der Sonne an und dann fahren wir nach Italien. Wie wäre das?«

Ricardo setzt sich wieder neben die alte Frau. Sie drückte seine Hand. Irgendwo im Haus läutete das Telefon.

»Wenn ich Ihnen helfen kann, Sie wissen was ich meine, dann scheuen Sie nicht es mir zu sagen. Wir sind doch Freunde. Capici?«

»Si, Signora, danke.«

Maria klopfte leise und trat ein. Sie hatte das Telefon in der Hand.

»Signora, es ist Andrea.« Sie reichte ihr den Hörer.

»Danke, Maria.« Elisabeth Wittholdt warf Ricardo einen entschuldigenden Blick hinüber. Ricardo signalisierte ihr augenzwinkernd und wortlos, dass er ohnehin im Gehen begriffen sei und zog sich damit zurück. Sie nickte ihm freundlich zu. Dann wandte sie sich dem Telefonat zu.

»Hallo, Andrea, wie nett, dass du anrufst!«

Andrea – zehn Jahre jünger als ihr Sohn und für sie fast schon so etwas wie eine Tochter geworden. Andreas Trennung von Dieter hatte dieses Gefühl sogar noch intensiviert. Und auf eine ihr selbst unverständliche Weise fühlte sie sich für den Kummer und Schmerz mitverantwortlich, den ihr Sohn seiner Frau zugefügt hatte. Ein wenig davon versuchte sie gutzumachen, indem sie Andrea ab und zu finanziell unter die Arme griff.

»Störe ich Sie gerade, Frau Wittholdt? Dann melde ich mich später noch mal.«

»Aber Kind, du störst doch nie. Ich hatte nur gerade Besuch von Ricardo. Wie geht es dir und dem Kleinen? Ist irgendwas passiert?«

»Nein, nein, keine Sorge. Ich wollte Sie nur fragen ... Na ja, hier regnet es seit Wochen, und gerade lief im Radio ein Lied von Carlo Ponte, und da hatte ich plötzlich die Idee ...«

Andreas verlegen gestammelte Andeutung wurde am anderen Ende der Leitung rasch unterbrochen: »Natürlich kannst du kommen. Wird doch sowieso mal wieder Zeit, dass ich den Kleinen sehe. Ich freue mich.«

Andrea räusperte sich zögernd. »Dieter hat sich wohl nicht bei Ihnen angemeldet?«

»Keine Sorge, mein Kind. Ich habe seit Wochen nichts von ihm gehört. Aber irgendwann musst du es ihm ja doch sagen. Ewig kannst du das nicht geheim halten. Das ist dir doch klar, oder?« Elisabeth Wittholdt wusste, dass sie da ein heikles Thema ansprach. Dementsprechend schwieg Andrea erwartungsgemäß.

»Kindchen, bist du noch dran?«

»Ja-a ... Wir sprechen darüber, wenn ich bei Ihnen bin. Okay?«

Zur selben Zeit zeigte Dieter seinem Assistenten begeistert die Bilder, die er in Indonesien geschossen hatte.

»Sind die nicht fantastisch geworden?« Er rieb sich die Hände.

»Darauf müssen wir trinken. Im Kühlschrank steht noch ein Fläschchen Schampus.« Ralf verschwand in der kleinen Küche, begleitet von Dieters nachgerufener Ankündigung: »Morgen fahre ich übrigens nach München und bringe die Bilder in die Agentur. Ich wette, die wollen die ganze Serie.«

Mit kritisch gerunzelter Stirn kam Ralf mit dem Champagner zurück und schenkte ein.

»Hör mal, du hast mir die Kohle vom letzten Monat immer noch nicht überwiesen. Ich bin gerade etwas knapp und wäre dir wirklich dankbar, wenn ...«

Dieter fiel ihm ins Wort.

»Sorry, dass habe ich total vergessen. Tut mir Leid. Mache ich gleich morgen. Nächste Woche hast du dein Geld.« Er nahm einen Schluck.

»Ich werde übrigens paar Tage länger weg sein.« Er pfiff leise vor sich hin bewunderte dabei stolz seine Dias.

»Ich muss mal wieder meine alte Mutter besuchen. Das wird meine gute Tat für dieses Quartal.«

Sein Gehalt zu überweisen, würde als gute Tat schon vollkommen genügen, dachte Ralf genervt. Er wusste ganz genau, das Dieter seit der Trennung von seiner Frau kein besonders herzliches Verhältnis zu seiner Mutter pflegte und es ihn jedes Mal erhebliche Überwindung kostete, nach Capri zu fahren. Dieter boxte ihn kumpelhaft in die Seite.

»Mensch, du sagst ja gar nichts. Bist du etwa immer noch sauer, dass ich dich nicht mit nach Indonesien genommen habe, oder was? Einer muss nun mal die Studioarbeit erledigen.«

Studioarbeit? Was denn für Studioarbeit? Seit Monaten waren so gut wie keine Studioaufträge mehr reingekommen. Ralf goss sich den Rest des Champagners in sein eigenes Glas.

»Blödsinn. Ich bin nicht sauer. Übrigens ... gestern hat jemand vom Finanzamt angerufen. Du sollst dich so bald wie möglich ...«

»Meine Fresse noch mal! Ich zeig dir hier die tollsten Bilder, und du kommst mir mit so einem Scheiß. Willst du mir unbedingt die Stimmung versauen?« Dieter begann verstimmt, die Dias zu sortieren und einzupacken.

»Von mir aus kannst du für heute Feierabend machen. Wir sehen uns dann in einer Woche wieder.«

Ralf hob abwehrend die Hände, trank sein Glas aus und verschwand wortlos.

Am nächsten Morgen stieg Dieter bestens gelaunt in seinen Porsche und fuhr nach München. Der Himmel zeigte ausnahmsweise sein sprichwörtliches bayerisches Blau, er hatte die besten Dias der Welt in seinem Aktenkoffer, was konnte da schon schief gehen. Das Leben war super! Er drehte das Autoradio lauter. Selbst der obligatorische Stau kurz vor München konnte seiner guten Laune keinen Abbruch tun.

Wenig später begrüßte er die perfekt gestylte Empfangsdame der Agentur mit seinem strahlendsten Lächeln.

»Einen wunderschönen guten Morgen! Sie sehen wieder hinreißend aus. Hat hier noch niemand bemerkt, dass Sie eigentlich auf ein Titelblatt gehören?«

Doch die Empfangsdame verzog keine Miene.

»Haben Sie einen Termin?«

Das war kein guter Anfang, dachte Dieter. Und besser wurde es auch nicht ...

Als Dieter die Bildagentur eine halbe Stunde später verließ, war von seiner Euphorie nichts mehr übrig geblieben. Gerade mal ein halbes Dutzend Fotos hatte er verkauft. Das Honorar deckte kaum seine Reisekosten. Und der erwartete Nachfolgeauftrag war auch noch ausgeblieben.

Er steckte sich ein Zigarillo an und klemmte sich hinter das Lederlenkrad seines Porsches. What ever! Wozu sollte er sich denn wirklich ernsthaft Sorgen machen? Dazu war das Leben viel zu kurz. Musste er eben einen Dreh finden, um seine Mutter anzuzapfen. Nur zur Überbrückung, das war klar. Er drehte das Autoradio auf volle Lautstärke und drängelte sich rücksichtslos in den rollenden Verkehr.

Da es ansonsten nicht die Spur von Arbeit und Aufträgen gab, räumte Ralf in der Zwischenzeit das Studio auf. Auf dem Kühlschrank lag noch immer der Stapel ungeöffneter Post. Dieser Großkotz! Hielt sich für einen genialen Fotografen. Dabei hatten sie seit einem Jahr nur noch Kleinkram gemacht. Nur gut, dass er schon begonnen hatte, sich nach etwas Neuem umzusehen.

Neugierig schaute er die Briefe durch. Unentschlossen drehte er einen Umschlag in der Hand, der den Absender des Labors trug, das meist für sie arbeitete. Er riss ihn auf. Irgend jemand musste ihn schließlich lesen. Er enthielt eine Mahnung für eine unbezahlte Laborrechnung – die Dritte. Nun, da er schon mal angefangen hatte, sah Ralf nicht ein, warum er nicht weitermachen sollte.

Er öffnete alle Briefe, die irgendwie offiziell aussahen. Fast alle enthielten Rechnungen, Zahlungsaufforderungen, Mahnungen. Der letzte Brief hatte es allerdings in sich. Absender war das Finanzamt Stuttgart. Dieter wurde darin aufgefordert, eine Steuernachzahlung von 150.000 Euro zu leisten. Dem Datum nach lag das Schreiben schon über fünf Wochen im Studio herum. Und das bei solch einer Summe! Ralf überlegte, was nun zu tun sei. Er musste seinen Chef informieren. Schnellstmöglich! Und ihm damit den schönen Capriaufenthalt vermiesen. Dieter würde ausflippen, schon deshalb, weil er dessen Post geöffnet hatte. Andererseits, sein Gehalt stand schließlich immer noch aus. Und dabei hatte sich Dieter einen nagelneuen Porsche zugelegt. Dieser Arsch!

Das Telefon klingelte. Dieter war in der Leitung. So ein Mist.

»Im Studio alles klar? Bin gerade hinter Bozen. Wenn was ist, du kannst mich immer über das Handy erreichen.« Ralf wunderte sich, dass Dieter seinen Besuch bei der Agentur mit keinem Wort erwähnte.

»Ich mache hier gerade klar Schiff, in der Küche liegen einige ungeöffnete Briefe. Sehen alle nach Rechnungen aus. Soll ich mich drum kümmern?«

»Das kann warten.«

»Nicht, dass du Ärger bekommst.«

»Was denn für Ärger? Ich kümmere mich drum, wenn ich wieder in Stuttgart bin. Don't panic, mein Lieber. Muss jetzt Schluss machen, da vorne kommt eine Wahnsinnskurve.«

»He, wie war es in der Agentur?«

»Super. Die waren begeistert. Also, ciao, bis dann.« Und schon war die Verbindung von Dieter unterbrochen worden.

Tja, soviel dazu. Und jetzt? Ralf ging in die Küche, beschloß sich einen Espresso zuzubereiten, als es an der Studiotür klingelte. Er öffnete. Vor der Tür standen zwei Männer mit Aktentaschen. Die waren in offizieller Mission unterwegs, das sah man sofort.

»Sind Sie Herr Wittholdt?«

»Herr Wittholdt ist für einige Tage verreist. Ich bin sein Assistent. Um was geht's denn?«

»Sagen Sie ihm bitte, dass er sich unverzüglich mit uns in Verbindung setzen soll.« Einer der beiden reichte ihm seine Karte.

»Guten Tag.« Ralf las die Visitenkarte und war nicht sonderlich überrascht: Finanzamt Stuttgart.

Die Sonne versank gerade glutrot im Meer, als Dieter am Hafen von Neapel ankam. Er hatte Glück und erwischte eben noch die letzte Fähre nach Capri. Einheimische durften keine Autos auf die Insel bringen, aber für Touristen machte man eine Ausnahme. Und wie immer in Italien wurde sein Auto gebührend bestaunt und bewundert. Nur bewundert, sonst nichts. Kein Neid, kein bitterer Blick. Nur ehrliche Begeisterung. Italien eben! Ausgeprägter Sozialneid schien wirklich nur eine ganz und gar urdeutsche Errungenschaft zu sein.

Dieter erkundigte sich nach dem Kapitän der Fähre – vielleicht handelte es sich ja um Ricardo, was ihm als Gast natürlich sofort VIP-Status verliehen hätte. Aber es blieb bei der Hoffnung, als Kapitän fungierte ein anderer. Pech! Nun gut, er beschloß, sich an die Reling zu begeben und das Ablegen der Fähre zu beobachten.

Es dauerte einige Stunden, bis sich Ralf endlich dazu durchgerungen hatte, seinen Chef anzurufen. Zu seiner Beruhigung zündete er sich vorher noch eine Zigarette an. Ob er Dieter gestehen würde, dass er die Post geöffnet hatte, das hatte er immer noch nicht entschieden, als er gedankenverloren bereits zum Hörer griff.

Dieter registrierte sofort, dass in der Stimme seines Assistenten ein irgendwie merkwürdiger Klang mitschwang.

»Hi, tut mir leid, wenn ich dich störe, aber ich halte es für besser, dich zu informieren.« Er machte eine Pause.

»Jetzt sag schon was los ist. Ist im Studio etwa eingebrochen worden, oder wie? Also, was ist los?« bellte Dieter ungeduldig.

»Vor zwei Stunden sind hier zwei Typen vom Finanzamt aufgekreuzt ...«

Finanzamt! Für einen kurzen Moment geriet Dieter aus dem Gleichgewicht.

»Scheiße.« Aber schon hatte er sich wieder unter Kontrolle. »Na gut, das Finanzamt! Und weiter, was war noch, ich hab nicht ewig Zeit.«

So ein arroganter Idiot, dachte Ralf. Na gut, sollte er bekommen, was er verdiente. »Ich habe daraufhin die Post geöffnet, die hier seit Wochen rumliegt und ...« Weiter kam er nicht.

»Du hast was?« Dieter brüllte förmlich ins Telefon, doch Ralf ließ sich jetzt nicht mehr einschüchtern.

»Du musst 150.000 Euro Steuern nachzahlen. Und zwar praktisch gestern. Du bist nur ganz kurz von einer Pfändung entfernt. Ich dachte, das solltest du wissen.« Er holte tief Luft und wartet auf Dieters Reaktion. Die kam prompt und härter, als Ralf erwartet hatte.

»Du musst ja wohl völlig verrückt sein, meine Post zu öffnen! Weißt du was? Du bist gefeuert! Fristlos!«

Nun war Ralf sprachlos – aber nur für einen Moment.

»Wenn du meinst! Tu, was du nicht lassen kannst! Aber ich nehme die Fachkamera mit ...«

Dieters Stimme überschlug sich fast, als er dazwischen schrie.

»Du bist wohl wahnsinnig!«

»... bis ich mein ausstehendes Gehalt auf dem Konto habe,« fuhr Ralf unbeirrt fort. »Und jetzt leck mich!« Er knallte den Hörer auf die Gabel. Mann, fühlte sich das gut an!

Benommen stolperte Dieter Wittholdt ins Bordrestaurant und bestellte einen Grappa. Das war jetzt echt beschissen gelaufen. Pechsträhne nannte man das wohl. Erst die Idioten bei der Agentur, dann das Finanzamt und jetzt wollte sich dieser kleine Penner mit seiner teuersten Hardware verdrücken. Diesmal steckte er wirklich in der Bredouille.

Eine Steuernachzahlung war seit langem überfällig gewesen. Natürlich hatte er mal wieder nichts zur Seite gelegt. Doch bisher hatte es immer noch irgendwie geklappt. Aber jetzt, 150.000 Euro – damit hatte er nun wirklich nicht gerechnet!

Das große Studio, der Assistent, der Porsche und sonst noch ein paar andere Luxusgüter – wofür arbeitete man denn schließlich? Sein Konto war bis zum Anschlag in den Miesen. Selbst wenn ihm das Finanzamt Ratenzahlung einräumte, wäre nichts zu machen.

Um sich zu beruhigen, trank er noch einen Grappa und dann noch einen. Als die Fähre schließlich eine Stunde später in Capri anlegte, machte er sich bereits keine Sorgen mehr um die ganze finanzielle Situation. Seine wohlhabende Mutter würde ihm aus der Patsche helfen. Ein Teil seines Erbes, nur ein paar Jahre vorgezogen, aus »warmer Hand« wie man so sagte. So einfach war das – und das Leben war schön!

Der Himmel präsentierte sich sternenklar, als Dieter die Serpentinen zu dem kleinen Hotel hinunterfuhr, in dem er gewöhnlich abstieg, seit er nicht mehr bei seiner

Mutter wohnen wollte. Dass sie bei seiner Scheidung vehement Andreas Partei ergriffen hatte, konnte er ihr einfach nicht verzeihen.

Er parkte den Porsche in der Hotelgarage, bezog sein Zimmer, kleidete sich um und machte sich zu Fuß auf den Weg zu Ricardos Stammbar. Vielleicht konnte er ihn ja zu einer kleinen nächtlichen Spritztour mit dem Katamaran überreden.

Tatsächlich stand Ricardo am Tresen der kleinen Bar, die sich in all den Jahren kaum verändert hatte. Nach der ersten Überraschung, seinen Freund aus Stuttgart wiederzusehen, der sich nur noch selten auf die Insel verirrte, begrüßte er Dieter herzlich, wenn auch nicht ganz so warm und innig wie früher.

»Wann bist du angekommen?«

Dieter sagte es ihm.

Also war er noch nicht bei seiner Mutter gewesen. Ein Grund mehr, daß Ricardo das Thema mied, ebenso wie er peinlich darauf achtete, Andrea ja nicht zu erwähnen. Eine Freundschaft mit Fettnäpfchen, dachte er. Das war früher einmal ganz anders gewesen. Schade.

Irgendwann kamen sie dann doch auf seine Mutter zu sprechen. Ricardo drängte Dieter mit dem Pathos, das in Italien nun einmal fester Bestandteil der Sohn-Mutter-Beziehung ist, sie doch künftig etwas häufiger zu besuchen. Wer wisse denn, wie lange sie noch zu leben hätte.

»Keine Sorge, die ist zäh.« Dieters Stimme hatte einen scharfen Unterton angenommen. »Du weißt doch ganz genau, dass wir uns seit meiner Scheidung nicht mehr viel zu sagen haben. Sie ist alt und starrköpfig.«

»Dann musst du halt über deinen Schatten springen! Wenn sie erst einmal unter der Erde liegt, wird es dir leid tun, dass du so stur warst.«

»Jetzt reg dich ab. Ich will sie ja besuchen. Und jetzt lass uns von etwas anderem reden.« Er nahm einen großen Schluck von dem vorzüglichen Grappa, den der Wirt selbst gebrannt hatte.

»Wie wär's, wenn wir mit deinem Superboot eine kleine Tour machen würden?« Bei jeder ihrer Begegnungen versuchte er, Ricardo zu solch einem Tripp zu überreden. Aber der Superkatamaran gehörte diesem natürlich nicht privat, sondern der Reederei.

»Lieber nicht. Die sehen es nicht gerne, wenn ich mir den Riesenschlitten nach Feierabend ausleihe. Und im Moment habe ich schon genug Ärger.«

Er erzählte Dieter von der Welle. Das aber machte seinen Freund erst recht scharf auf eine rasante Rundfahrt.

»Das muss ich sehen!

»Vergiss es. Wegen dir setze ich mein Kapitänspatent nicht aufs Spiel. Auf keinen Fall!«

Ricardos Besuch hatte Elisabeth Wittholdt angestrengt, und obwohl es erst früh am Abend war, ließ sie sich von Maria zu Bett bringen. In der Nacht wurde sie von Albträumen gequält und so atmete sie froh und dankbar auf, als die ersten Sonnenstrahlen durch die Fensterläden drangen.

Gleich nach dem Frühstück griff Elisabeth zum Telefon und wählte die Nummer ihres Sohnes in Deutschland. Wie erwartet, meldete sich nur der Anrufbeantworter. Also versuchte sie es über das Handy.

»Ja?«

Sie zuckte zusammen, als Dieters Stimme laut und schneidend an ihr Ohr drang. Diese ganze Arroganz, die ihr schon immer missfallen hatte, war in dem kleinen Wörtchen »ja« präsent.

»Ich bin's. Ich wollte nur mal hören, wie es dir so geht und was die Arbeit macht.« Sie bemühte sich, nicht unfreundlich zu klingen.

»Hallo, Mutter. Ist was passiert? Ich habe nicht viel Zeit, muss zu einer Besprechung.«

»Geht es dir gut, mein Sohn?«

»Klar geht es mir gut. Alles bestens.« Sollte er ihr sagen, dass er schon auf Capri war?

»Was macht die Arbeit, hast du viele Aufträge?«

»Es läuft gerade alles wirklich super, aber ich muss jetzt Schluss machen. Ich rufe dich später zurück.« Er legte auf und schlürfte auf der Hotelterrasse nachdenklich seinen morgendlichen Cappuccino. Wahrscheinlich ging es ihr wirklich nicht so gut. Aber er hatte keine Lust dazu, sich jetzt, ausgerechnet jetzt, unter Druck setzen zu lassen. Er wollte den Zeitpunkt eines Treffens selbst bestimmen. Nachdenklich biss Dieter in ein Croissant und überlegte, wie er bei dem bevorstehenden Besuch das Gespräch auf sein Erbe bringen könnte.

Andrea erwischte die Morgenfähre von Neapel nach Capri. Am frühen Vormittag stand sie mit Alessandro vor der Wittholdt'schen Villa und atmete tief und irgendwie befreit den schweren Blütenduft ein, bevor sie auf den gusseisernen Klingelknopf drückte.

Maria öffnete, wie immer mit weißer und frisch gestärkter Schürze, begrüßte Andrea und besonders den Kleinen überschwänglich. Anschließend führte sie die beiden durch den Garten auf die Terrasse, wo Elisabeth Wittholdt schon sehnsüchtig auf sie wartete. Eine halbe Stunde später schlief der Junge friedlich in seinem Tragekorb, Maria servierte Tee, und das Blau des Himmels war durch nichts zu übertreffen.

Elisabeth Wittholdt freute sich sehr, dass sie Andrea und ihren Enkel nun noch einmal zu Gesicht bekam. Der kleine Alessandro war nun schon fast zwei Jahre alt. Als Andrea sich von ihrem Sohn hatte scheiden lassen, war sie im zweiten Monat schwanger gewesen. Sie hatte die Schwangerschaft verheimlicht. Warum sie das tat, das verstand die alte Dame bis heute nicht so richtig – und als Andreas Zustand offensichtlich geworden war, da hatte sie ihr versprechen müssen, ihrem Sohn nichts davon zu sagen. Obwohl Elisabeth es nicht richtig fand, hatte sie ihr Versprechen bis heute gehalten. Sie nahm Andrea bei der Hand.

»Weißt du, Kindchen, ich glaube, meine Zeit wird bald kommen. Ich fühle es.« Andrea wollte protestieren, aber die gebrechliche Frau im Rollstuhl legte ihr den Finger auf die Lippen.

»Ich habe beschlossen, dir den größten Teil meines Vermögens zu hinterlassen. Dieter kriegt sein Pflichtteil, aber du, du bekommst den Rest und dieses Haus.« Wieder wollte Andrea Einspruch erheben, doch Elisabeth Wittholdt ließ sie nicht zu Wort kommen.

»Euer Streit damals bei Ricardo hat mir die Augen über seinen wahren Charakter geöffnet. Sich aufzuführen wie ein eifersüchtiger Gockel, nur weil du dich mit Ricardos Schwester und den Kindern ganz offensichtlich gut amüsiert hast, das war schon schlimm genug. Das war die pure Eifersucht. Aber dass er dich dann auch noch geschlagen hat ... Es war richtig von dir, dich von ihm zu trennen.« Alessandro seufzte leise im Schlaf, und Andrea schaukelte den Tragekorb sanft hin und her.

»Manchmal bin ich mir nicht sicher. Jetzt wächst der Junge ohne Vater auf ...«

»Besser als mit einem, der sich und sein Leben nicht unter Kontrolle hat. Also es bleibt dabei – du wirst meine Haupterbin. Ich weiß, was du sagen willst. Aber das hat schon seine Richtigkeit. Dieter hat sich nie sonderlich um mich und seinen Vater gekümmert und um dich schon gar nicht. Capri bedeutet ihm nichts, und die Villa hat ihm nie gefallen. Er würde sie sofort verkaufen. Und das will ich nicht. Er wird genug bekommen, keine Sorge. Aber du musst ein Kind großziehen, allein! Und zwar meinen einzigen Enkel. Nein, nein, als allein erziehende Mutter brauchst du das Geld nötiger als mein missratener Sohn. Außerdem will ich, dass es dir gut geht.«

Andrea wusste nicht, was sie darauf antworten sollte. Aber das erwartete ihre Gesprächspartnerin anscheinend auch gar nicht.

»Wenn du mir einen Gefallen tun willst ...«

»Natürlich. Frau Wittholdt, das wissen Sie doch ...«

»Einen großen Wunsch habe ich nämlich noch: Ich möchte ein letztes Mal in einem kleinen Fischerboot zur Blauen Grotte gerudert werden. So wie damals, mit Erwin.«

Andrea schoß vor Rührung das Wasser in die Augen.

»Kindchen, jetzt schau doch nicht so. Mein Leben war sehr schön. Ich hatte einen guten Mann und eine wunderbare Ehe. Was will ich mehr?«

Andrea konnte nicht anders, eine Träne rann über ihre Wange.

»Natürlich helfe ich Ihnen. Gerne! Und ich bleibe so lange, wie Sie es wünschen.« Elisabeth Wittholdt lächelte milde.

»Schön, das freut mich. Und jetzt muss ich mich etwas hinlegen, denn ich bin doch sehr müde geworden.«

Andrea schob die alte Dame in ihrem Rollstuhl ins Haus. Dort stellte sie ihr dann aber doch noch die Frage, die ihr keine Ruhe ließ.

»Sie haben es ihm doch nicht gesagt?«

»Liebes, selbstverständlich nicht. Das ist ganz allein deine Sache.«

Das Gespräch mit Frau Wittholdt lastete schwer auf Andreas Gemüt. Anscheinend ging es der alten Dame doch schlechter, als es den Anschein hatte. Andrea beschloss, alles in die Wege zu leiten, um ihr diesen Wunsch, noch einmal die legendäre Blaue Grotte besuchen zu können, so schnell wie möglich zu erfüllen. Wer konnte schon sagen, wie viel Zeit dafür noch blieb? Sie griff zum Telefon und wählte Ricardos Nummer.

Mehrere Tage lang zog Dieter mit seinem Fotoapparat übellaunig kreuz und quer über die Insel. Alleine die Vorstellung, bei seiner Mutter um Geld betteln zu müssen, drehte ihm den Magen um. Doch, sie war alt, und Ricardo hatte gemeint, es gehe ihr nicht sehr gut. Wenn sie sterben würde ... Aber darauf konnte er nicht warten. Er hatte keine Wahl.

Schließlich machte er sich mit einem großen Strauß Nelken – er hatte keine Ahnung, welche Blumen seine Mutter mochte – auf den Weg. Mehrere Minuten verharrte er unschlüssig vor dem geschwungenen Eisentor, dann überwand er sich endlich und drückte auf den Klingelknopf. Maria begrüßte ihn eher betroffen als erfreut. Offenbar kam er ungelegen. Sie führte ihn auf die windgeschützte Rückseite des Hauses.

Elisabeth Wittholdt war beim Friseur gewesen, sie trug ihr schönstes Sommerkleid und hatte die Korallen angelegt, die ihr Mann ihr anlässlich ihres ersten Aufenthalts auf Capri geschenkt hatte. Nun wartete sie aufgeregt auf Ricardo, der zwei Helfer engagiert hatte, die sie und Andrea zur Anlegestelle bringen würden. Die beiden würden sie mitsamt ihres Rollstuhls in das Ruderboot heben, in das Boot, das Andrea mit Ricardos Hilfe besorgt hatte.

Andrea freute sich, die alte Dame so glücklich zu sehen. Sie hatte sich ebenfalls für den feierlichen Anlass zurechtgemacht. Denn sie selbst würde Frau Wittholdt zur Blauen Grotte rudern. Sie schaute auf ihre Uhr.

Dieter bog hinter Maria um die Ecke und trat auf die Terrasse. Sein Magen verkrampfte sich, als er seine Mutter sah. Und neben ihr auf einer Gartenbank: Andrea, die er seit der Scheidung vor fast zwei Jahren nicht mehr gesehen hatte. Die beiden Frauen starrten ihn entgeistert an. Bemüht lässig begrüßte er seine Ex-Frau.

»Andrea! Na, das ist ja ein Zufall! Mit dir hatte ich nicht gerechnet.« Andrea antwortete nicht, sondern starrte ihn an, als habe sie ein Gespenst vor sich. Sie sah zu Frau Wittholdt hinüber. Die hob entschuldigend und hilflos zugleich ihre Schultern. Was war denn hier los?

»Dann eben nicht.« Er wandte sich seiner Mutter zu. »Hallo, Mutter.« Er küsste sie auf die Stirn.

»Ich dachte, du freust dich sicher, wenn ich mich mal wieder blicken lasse.« Erfreut sah Frau Wittholdt nun wirklich nicht aus.

»Warum hast du nicht angerufen?«

»Das ist aber kein sehr freundlicher Empfang. Darf ich mich setzen? Hier, die sind für dich.« Er gab seiner Mutter die Nelken, rückte sich einen Korbstuhl zurecht und setzte sich.

»Komme ich etwa ungelegen?« Forschend schaute er zuerst Andrea und dann seine Mutter an. Hier lief irgendwas ab.

»Ehrlich gesagt, ja.« Elisabeth Wittholdt reichte Andrea den Blumenstrauß und bat sie, sich von Maria in der Küche eine Vase geben zu lassen. Dabei deutete sie mit ihren Augen zu einem Zimmer im ersten Stock der Villa hinauf. Andrea verstand, löste sich aus ihrer Erstarrung und verschwand hastig im Haus. Jetzt erst wandte sich die alte Dame wieder an ihren Sohn.

»Also, was ist los, dass du hier aus heiterem Himmel auftauchst?«

Dieter setzte eine zerknirschte Miene auf.

»Ich muss unbedingt mit dir sprechen, Mama.« Mama? So hatte er sie seit dreißig Jahren nicht mehr genannt. Maria brachte eine Karaffe mit frisch gepresstem Orangensaft und füllt die Gläser.

»Ich nehme an, du bleibst einige Tage. Wir können uns also auch morgen noch unterhalten. Andrea will mich heute in die Blaue Grotte rudern.«

»Es wäre mir lieber, wenn wir das gleich besprechen könnten.« Frau Wittholdt seufzte, dann blickte sie ihrem Sohn direkt ins Gesicht.

»Du brauchst Geld, nicht wahr?« Er antwortete nicht, aber er hielt ihrem Blick stand.

»Na schön.« Frau Wittholdt straffte sich.

»Du kannst es auch ebenso gut sofort erfahren.« Na, also. Er hatte es geahnt: Da war was im Busch. Dieter war plötzlich hellwach.

»Wie viel brauchst du – und wann?« Seine Mutter klang jetzt wie ein Buchhalter, der die unangenehme Pflicht hatte, einem geschassten Mitarbeiter eine seiner Ansicht nach zu hohe Abfindung auszuzahlen.

»Hundertfünf ... das heißt, zweihunderttausend. Und zwar möglichst noch in diesem Monat.« Sie überlegte einen Moment. Dann fasste sie einen Entschluss.

»Gut, du sollst das Geld haben.« Dieter traute seinen Ohren nicht. Dass es so einfach sein würde, hatte er nicht erwartet. Sie wollte nicht mal wissen, warum er das Geld brauchte, und machte ihm keine Vorhaltung! Er würde sich also auch noch den Einbau des Whirlpools leisten können. Er liebte Whirlpools. Seine Mutter sah ihn an und sprach weiter.

»Aber ...« Er erwachte ruckartig aus seiner Euphorie. Es gab einen Haken.

»... damit ist dein Erbteil abgegolten.«

Das war unmöglich. In Dieters Kopf schossen Zahlen durcheinander. Das Erbe musste doch größer sein als zweihunderttausend Euro. Allein diese Villa durfte ge-

genwärtig gut und gerne eine halbe Million bringen. Und was hieß überhaupt »Erb*teil*«. Er war der Alleinerbe.

Dass er das nicht war, setzte ihm seine Mutter in den folgenden Minuten ruhig und mit fester Stimme auseinander. Dieter sackte in seinem Korbstuhl immer mehr in sich zusammen. Irgendwann hatte er begriffen, dass seine Mutter den Löwenanteil ihres Besitzes Andrea zugedacht hatte, seiner Ex-Frau Andrea.

»Ich werde noch in dieser Woche mein Testament entsprechend ändern. Direkt anschließend werde ich dir die Zweihunderttausend überweisen.«

»Aber ... warum Andrea?« Sie musste die Alte verhext haben. Quatsch. Sie hatte schon bei der Scheidung erfolgreich das arme Opfer gemimt und ihr Mitleid geweckt. Wahrscheinlich hatte sie die vergangenen zwei Jahre ausgiebig dazu genutzt, ihn bei seiner Mutter schlecht zu machen und selbst seinen Platz einzunehmen.

»Warum! Ich will wissen warum!« schrie er seine Mutter unbeherrscht an, sprang auf und stieß dabei die Karaffe vom Tisch.

»Warum ziehst du mir dieses Miststück ...« Mit einer Handbewegung brachte Elisabeth Wittholdt ihren Sohn zum Schweigen.

»Darum.« Sie deutete auf ihren Sohn, der zornbebend vor ihr stand. »Und weil ...« Sie stockte.

»Weil was?«

»Deshalb.« Andrea stand in der Flügeltür, die das Wohnzimmer mit der Terrasse verband. Sie trug Alessandro auf dem Arm. Dieters Blick wanderte verwirrt zwischen dem Gesicht seiner Frau und dem Jungen hin und her.

»Was hat das zu bedeuten? Wer ist das?« Er deutet auf Alessandro. Andrea trat auf die Terrasse hinaus.

»Das ist dein Sohn. Er heißt Alessandro.«

Dieter stand da wie vom Donner gerührt. Dann bekam er einen Wutanfall. Er schrie und tobte, sie habe ihn die ganze Zeit über hintergangen, habe sich zwischen ihn und seine Mutter gedrängt, sich dabei erfolgreich als Erbschleicherin betätigt und nun wolle sie ihm auch noch ein Kind unterschieben, dass sie sich von irgendeinem Liebhaber habe machen lassen. Die Frauen versuchten, ihn zu beruhigen. Seine Mutter wies ihn auf die große Ähnlichkeit zwischen ihm und dem Jungen hin. Aber das Kind, das mittlerweile verängstigt weinte und sich an seine Mutter klammerte, schien ihn überhaupt nicht zu interessieren.

Erst als Maria Ricardo und die beiden Männer, die er mitgebracht hatte, auf die Terrasse führte, verstummte er. Ricardo spürte die Spannung, die in der Luft lag, aber er hatte es eilig, da er seinen Dienst antreten musste. Also fragte er nicht nach.

Elisabeth Wittholdt und Andrea waren froh über die Unterbrechung. Die alte Dame klingelte nach Maria, erklärte ihr, man werde sich jetzt auf den Weg machen und bat sie, sich wie verabredet, um Alessandro zu kümmern. Dann wandte sie sich an ihren Sohn.

»Ich hoffe, bis morgen hast du dich beruhigt. Dann können wir vielleicht weiterreden.« Dieter antwortete nicht. Er baute sich vor Andrea auf und musterte den Jungen, der ängstlich zu ihm aufschaute.

»Das ist nicht mein Sohn,« zischte er, dann drehte er sich um, rief Ricardo, der schon wieder auf dem Weg zu seinem Wagen war, er solle auf ihn warten, und lief ihm nach.

Behutsam lenkte Andrea das Boot an den Felsen vorbei. Obwohl sie mit Rudern gut umgehen konnte, da ihr Vater sie oft zum Angeln mit auf den See genommen hatte, war es am Anfang nicht leicht gewesen, denn der Rollstuhl verlagerte den Schwerpunkt des Bootes nach oben. Aber jetzt hatte sie die Sache im Griff.

»Wir haben wirklich Glück mit dem Wetter, Frau Wittholdt. Keine Wolke am Himmel, kein Wind, und das Meer ist fast spiegelglatt. Wenn sie seekrank werden sollten, kann es nur an meinem Rudern liegen.« Die alte Dame thronte lächelnd in ihrem Rollstuhl über dem Wasser.

»Du machst das ganz wunderbar, Kindchen. So gut konnte mein Erwin nie rudern. Aber er hat das Meer genauso geliebt wie ich.« Sie sog den salzigen Geruch tief ein, und sie verlor sich in ihren Erinnerungen. Einige kleine Boote kreuzen ihren Weg.

»Da vorn ist schon die Einfahrt zur Grotte.«

Tatsächlich näherten sie sich dem Eingang. Die Durchfahrt war relativ niedrig, und Andrea war etwas besorgt, ob Frau Wittholdt auf ihrem Rollstuhl hindurch passen würde.

»Ich glaube, Sie müssen den Kopf etwas einziehen.«

»Kein Problem. Ich mache mich ganz klein.« Sanft, ohne die Felsen zu berühren, glitten sie in die Grotte.

Das Innere war in ein faszinierendes türkisblaues Licht getaucht, das von natürlichen Öffnungen im Fels herkam, die unter der Wasseroberfläche lagen und durch die das Tageslicht hereindrang. Wie durch ein Wunder befand sich gerade kein anderes Boot in der Grotte.

»Ist es nicht wunderschön?« Elisabeth Wittholdt flüsterte, um die unwirkliche Stille nicht zu zerstören. Sie dachte an ihren Mann. Er, mit den Augen des Kameramanns, hatte dieses Türkisblau geliebt. Andrea sah, dass der alten Dame Tränen über die Wangen liefen, sie aber gleichzeitig lächelte.

»Ich danke dir sehr, dass du es mir ermöglicht hast, das noch einmal zu sehen. Wir können jetzt wieder zurückfahren.«

Ricardo stand am Steuer des Katamarans, Dieter lehnte neben ihm und starrte aufs Meer hinaus. Passagiere waren um diese Tageszeit fast keine an Bord. Ricardo musterte seinen Freund.

»Da hast du ja einen schönen Schlamassel am Hals.« Dieter nickte. Er erzählte Ricardo von seinen Steuerschulden, den fehlenden Aufträgen und der Hoffnung, von seiner Mutter einen Vorschuss auf sein Erbe zu bekommen. Dass Andrea nun Haupterbin sein würde, behielt er für sich. Ricardo pfiff durch die Zähne.

»Mama mia, jetzt verstehe ich, warum du hier aufgekreuzt bist. Und? Was glaubst du? Wird sie dir das Geld geben?«

Dieter schwieg. Es gab andere Ungereimtheiten, die ihm im Kopf herumschwirrten und auf die Ricardo möglicherweise Antworten hatte. Er steckte sich ein Zigarillo an.

»Du wusstest, dass Andrea ein Kind hat, stimmt's?« Ricardo starrte geradeaus. Er hatte keine Lust, sich mit seinem Freund anzulegen.

»Raus mit der Sprache!« Wütend schlug Dieter mit der flachen Hand gegen die Scheibe.

»Ihr habt euch doch immer so gut verstanden. Erzähl mir nicht, dass du keine Ahnung hattest, was hier abgeht. Wie ich das jetzt sehe, ist euer Kontakt nie abgebrochen. Also, was ist?«

»Wieso auch nicht? Wir waren schließlich nicht nur mit dir befreundet, und wenn sich ein Paar trennt, muss man deshalb doch nicht den Kontakt mit einer Partei abbrechen.« Dieter taxierte Ricardo, als sähe er ihn zum ersten Mal.

»Du hast sie gevögelt, stimmt's? Klar hast du! Wie konnte ich bloß so blind sein?« Ricardo starrte Dieter, der sich immer mehr in Rage redete, entgeistert an.

»Sag mal, hast du sie nicht mehr alle?«

»Sie war ja so begeistert von dir und deiner ganzen Sippe. Du und meine Mutter habt doch zu ihr gehalten. Ich war für euch doch das Schwein, das fremd gegangen ist! Ihr hattet ja keine Ahnung, wie sie mir ständig mit dieser Kinderkriegerei auf die Nerven gegangen ist! Wie sie mich unter Druck gesetzt hat!«

Ricardo reichte es.

»Weißt du, dass du nur Scheiße redest, Mann? Ich hatte nie was mit deiner Frau!«

»Ach ja?«

»Ja. Sie hat sich von dir getrennt, weil du ein egoistisches, rücksichtsloses und verantwortungsloses Arschloch bist! Und weil sie euren Sohn lieber allein groß zieht als mit dir.«

Dieter schlug Ricardo mit aller Kraft ins Gesicht. Ricardo taumelte, stürzte und schlug mit dem Kopf gegen eine Metallkiste. Benommen blieb er liegen. Dieter packte das Ruder des Katamarans und drückte den Gashebel bis zum Anschlag nach vorn. Das Boot schoss vorwärts. Er ließ das Ruder los und baute sich angriffslustig vor Ricardo auf. Ricardo kam mühsam auf die Beine und versuchte, zum Ruder zu gelangen .

»Das ist zu schnell ...« Dieter stieß ihn wieder zu Boden.

»Alessandro ... Ich habe mich gleich gefragt, wieso sie dem Jungen so einen beschissenen italienischen Namen gegeben hat. Da hätte sie ihn doch gleich Ricardo nennen können. Vielleicht hast du ja auch solch ein Feuermal am Hals. Lass doch mal sehen!«

Er beugte sich über Ricardo und riss ihm das Hemd auf, während der Katamaran unkontrolliert über das Wasser raste. Das Boot schlingerte heftig.

»Du bist wahnsinnig!«

Andrea hatte den Katamaran bemerkt, der mit Höchstgeschwindigkeit über das Wasser schoss.

»Sehen Sie, Frau Wittholdt! Das muss Ricardo sein. Der hat es aber eilig.« Plötzlich begriff sie, dass der Katamaran Kurs auf sie hielt.

»Das stimmt was nicht! Halten Sie sich fest!«

Mit einem gezielten Tritt befreite sich Ricardo aus Dieters Griff. Endlich kam er wieder auf die Beine. Mit einem Ruck riss er das Ruder herum und drosselte die Motoren.

Erleichtert sah Andrea, wie der Katamaran abdrehte.

»Da haben wir aber noch mal Glück gehabt, Frau Wittholdt. Also, wenn Ricardo immer so fährt, muss er sich nicht wundern, wenn er Ärger mit der Polizei bekommt!« Die alte Dame lachte.

»Den hat er schon. Aber junge Männer lernen nur selten etwas dazu.«

»Da haben Sie wohl Recht.« Da deutete Elisabeth Wittholdt aufgeregt auf die Stelle, wo der Katamaran an ihnen vorbei gerast war.

»Da! Sehen Sie das?«

Andreas Sitzposition lag tiefer, und so konnte sie nichts entdecken.

»Die Welle! Oh, Gott!« Jetzt sah Andrea sie auch.

»Halten Sie sich fest, Frau Wittholdt! Festhalten!«

Eine gewaltige Welle von mindestens fünf Metern Höhe rollte unaufhaltsam auf sie zu. Andrea versuchte noch, den Bug zu drehen, aber es war zu spät. Die Welle traf sie von der Seite, das Ruderboot wurde umgeworfen. Andrea wurde herumgewirbelt, verlor für einen Moment die Orientierung, stieß mit dem Kopf gegen den Rumpf des Bootes und kam wild nach Luft schnappend wieder an die Oberfläche.

Von Frau Wittholdt und ihrem Rollstuhl war nichts zu sehen.

Immer wieder tauchte Andrea hinunter, aber ohne Ergebnis. Schließlich entdeckte ein Fischer das gekenterte Boot und zog sie aus dem Wasser.

Die kleine Polizeistation lag an der Via Provinciale. Dieter wurde in einen kleinen kahlen Raum geführt, in dem ihn bereits ein Polizeibeamter erwartete.

»Signor Wittholdt?«

»Ja. Warum hat man mich hierher gebracht? Was soll das alles?« Der Beamte deutete auf einen Stuhl.

»Bitte, setzen Sie sich.« Er setzte sich.

»Man hat sie noch nicht gefunden.« Dieter nickte.

»Das hätte man mir auch im Hotel mitteilen können. Und warum halten Sie Ricardo hier fest. Es war ein Unfall!« Der Beamte schien nachzudenken.

»Ein Unfall ... ja ... Der Katamaran hat durch seine hohe Geschwindigkeit und der Bodenformation eine

Welle verursacht, die das Ruderboot zum Kentern brachte. Ricardo hat ausgesagt, dass sie Streit hatten. Er sagt, Sie hätten ihn niedergeschlagen, das Ruder an sich gerissen und die erlaubte Höchstgeschwindigkeit überschritten. Vielleicht sagt er das nur, damit man ihm nicht sein Kapitänspatent entzieht. Aber vielleicht sagt er ja auch die Wahrheit.« Er steckte sich eine Zigarette an.

»Und wenn?« Dieter hatte nicht die Absicht, sich ins Bockshorn jagen zu lassen. »Will er mich anzeigen? Wegen zu schnellen Fahrens?«

»Nun, beim Notar liegt ein neues Testament ihrer Mutter. Zu Gunsten ihrer geschiedenen Frau. Es musste nur noch unterzeichnet werden. Doch nun, da ihre Mutter tot ist ...« Daran hatte Dieter auch schon gedacht. Der Polizist hatte aufgehört zu sprechen und sah ihn abwartend an. Was wollte der Kerl von ihm? Was sollte die Sache mit dem Testament?

»Soll das heißen, Sie verdächtigen mich, das Ruderboot absichtlich zum Kentern gebracht zu haben?« Die Miene des Beamten war völlig ausdruckslos.

»Sie glauben, ich habe meine Mutter ermorden wollen?« Schweigen.

»Oder meine Ex-Frau?«

»Nein.« Der Beamte drückte seine Zigarette aus. »Beide.«

Ein sommerlicher Albtraum

15. Juli, 9 Uhr, Sonntag.

Das Kassenhäuschen des Baggersees ist an diesem Morgen noch nicht besetzt. Herr Dieterle, der sechzigjährige Pächter, hatte am Abend zuvor mal wieder einen über den Durst getrunken und ihm brummt der Schädel. So haben die ersten Besucher Glück und können es vermeiden, die überteuerte Parkgebühr zu bezahlen, um ihr Auto abstellen zu dürfen. Mehr wird für den stolzen Preis von fünf Euro nämlich nicht geboten. Keine Umkleidekabinen, keine Duschen, kein Kiosk.

Der anderthalb Kilometer lange und zweihundert Meter breite See mit der kleinen Insel in der Mitte wirkt auf den ersten Blick richtig idyllisch. Erst auf den zweiten Blick erkennt man das trübe, morastige Wasser und das schlammige Ufer. Manch Einen schreckt das ab. Ist man nicht so zart besaitet und hat einen geeigneten Lagerplatz gefunden und es sich bequem gemacht, dringt einem das Getöse der nahe gelegenen Bundesstrasse in die Ohren. Hält der Besucher es dann gar bis zum Mittag aus und hatte nicht instinktiv den seinen Vorlieben entsprechenden Abschnitt gewählt, wird es ungemütlich. Spätestens jetzt flüchtet er. Denn entweder hat er es sich im vorderen Abschnitt bequem gemacht, dann liegt er jetzt inmitten von Müttern mit ihren brüllenden Kindern. Oder, er ist im angrenzenden Abschnitt zwischen Kontakt suchenden Singles und älteren Semestern gelandet, in der Zone dahinter von Nackten und Spannern eingekreist oder aber im entferntesten Winkel von Schwulen umgeben.

Aber da die meisten Stammgäste sind, hat im Laufe der Jahre jeder seinen Lieblingsplatz gefunden.

Da es noch früh ist, sind noch nicht viele da: Unter einem gelben Sonnenschirm das Paar um die fünfzig, die blonde nackte Single-Dame, die konsequent und regelmäßig den See durchschwimmt, und die bereits etwas angejahrte Dame im Tanga, die mit Vorliebe oben ohne um den See joggt, der athletisch gebaute Schwule der sich in die Brustwarze einen Ring gezogen hat, außerdem etwa zehn nicht genau einzuordnende Personen. Noch ist es ruhig und friedlich.

Der Braungebrannte aus dem vierten Abschnitt steht auf und paddelt auf seiner roten Luftmatratze munter auf den See hinaus. Etwa zwanzig Meter vom Ufer entfernt legt er sich auf den Rücken, schließt die Augen und genießt die Ruhe. Seine Arme baumeln im Wasser. Plötzlich reißt er erschrocken die Augen auf. Etwas Weiches, Samtiges ist an ihm vorbeigeglitten und hat seinen Arm gestreift.

Inzwischen ist es zehn Uhr. Die Tangadame hat nun genug Publikum, um mit wogenden Brüsten ihre Joggingrunde zu drehen. Der nackte weibliche Single aus dem zweiten Abschnitt hält einen Fuß ins Wasser und beschließt, ihre obligatorische Runde zu schwimmen, solange noch keine übenden Surfer nerven. Auf dem Rücken kraulend, legt sie die Strecke bis zu dem Teil des Sees zurück, der durch ein Seil markiert und abgegrenzt ist – immerhin ein Kilometer. Naturschutzgebiet. Einige Minuten ruht sie sich auf dem Seil sitzend aus. Da spürt sie wie etwas ihre Beine berührt. Ein unheimliches Gefühl. Ihr läuft ein Schauer über den Körper. Schneller als gewöhnlich schwimmt sie zum Ufer zurück, steigt erschöpft aus dem trüben Wasser, lässt sich auf ihre mit bunten Blumen bestickte Decke fallen.

Im ersten Abschnitt stolpert ein kleines Mädchen schreiend aus dem Wasser. Die Mutter hält das wimmernde, zitternde Kind in den Armen und entdeckt an dem Hals ihrer Tochter eine kaum erkennbare Wunde. Die Kleine krümmt sich vor Schmerzen. Wenig später tönt die Sirene eines Krankenwagens über den See.

11 Uhr. Die Langschläfer rücken an. Der Wind macht sich auf und lockt drei Nachwuchssurfer aus dem ersten Abschnitt auf das Wasser. Verzweifelt versuchen sie auf wackligen Beinen und mit krummen Rücken ihr Gleichgewicht zu halten. Einer von ihnen treibt der Wind über das Abgrenzungsseil in das Naturschutzge-

biet. Erschrocken landet er im Schilf und fällt ins Wasser. Verbissen versucht er sich aus dem morastigen Boden zu befreien. Er ist so angestrengt, dass er den feinen Biss in seinem Fuß kaum spürt. Mühsam bugsiert er das Brett aus dem Schilf, versucht sich und das Segel aufzurichten.

Kurz darauf beginnen seine Beine erbärmlich zu zittern.

Mit letzter Kraft erreicht er paddelnd das Ufer und schleppt sich zu seinem Handtuch. Er hat rasende Kopfschmerzen. Er übergibt sich hinter einem Busch, ihm wird eiskalt. Seine Freunde bringen ihn nach Hause. Dort fällt er in einen tiefen Schlaf.

16 Uhr. Die Hitze hat wahre Heerscharen mit Sack und Pack an den See gelockt. Selbst der Dame unter dem gelben Sonnenschirm, aus dem zweiten Abschnitt, wird es nun zu heiß und sie überwindet sich und steigt in das trübe Wasser. Aus Angst auf dem glitschigen Boden womöglich auszurutschen, setzt sie vorsichtig einen Fuß vor den anderen. Das Wasser reicht ihr gerade bis zur Hüfte, als sie erschrocken stehen bleibt. Etwas hatte ihren Bauch berührt. Oder war es nur Einbildung? Sie überwindet sich ein weiteres Mal und lässt sich ins Wasser gleiten. Es ist angenehm erfrischend. Sie legt sich auf den Rücken und zeigt ihrem Begleiter wie gut sie toter Mann spielen kann. Er applaudiert. Plötzlich stößt sie einen Schrei aus, ihr Kopf schnellt hoch, panisch krault sie ans Ufer. Etwas hat sie in den

Hals gebissen Sie schreit hysterisch. Ihr Bekannter entdeckt eine kleine Wunde neben der Halsschlagader. Dann sackt sie zusammen. Hilflos steht er da, wirft dann hastig Handtücher und Sonnencreme in den Korb, lässt alles liegen und trägt sie zum Auto. Dreißig Minuten später erreicht er die Uniklinik in Tübingen.

17 Uhr. Die Frühaufsteher sind schon nach Hause gefahren. Ein alleinerziehender Vater macht es sich mit seinem fünfjährigen Sohn unter einem Baum im ersten Abschnitt gemütlich. Der Kleine planscht im seichten Wasser unter den aufmerksamen Blicken der zahlreich anwesenden Mütter, wobei die eine oder andere von ihnen einen begehrlichen Blick auf den lesenden Vater des Jungen riskiert. Eine schätzungsweise Vierjährige mit Schippe, Eimer und Schwimmtieren bewaffnet, startet bei dem Sohn einen Annäherungsversuch. Doch der versenkt ihre gesamte Ausrüstung prompt im Wasser. Das wiederum hat ein weinendes Mädchen zur Folge, das nun hektisch im Schlamm nach ihrem Spielzeug sucht. Der junge Vater hat das Treiben der Kinder bis jetzt aus der Ferne verfolgt. Er beschließt einzugreifen, zumal die Mutter des Mädchens seinen Sohn empört zurechtweist. Vom Uferrand aus schimpft er mit dem Jungen. Da sieht er wie etwas, das er später als schildkrötenartig beschreibt, auf die Kinder zuschwimmt. Dann geht alles blitzschnell. Der Junge greift nach dem Tier, das Wasser verfärbt sich rot, er brüllt wie am Spieß. Sein Vater hastet ins Wasser. Die Hand des Jungen blu-

tet heftig. Und mit Entsetzen stellt der Vater fest, dass an der rechten Hand seines Sohnes ein Finger fehlt. Rasch trägt er ihn ans Ufer, versucht mit einem Handtuch den Blutfluss zu stoppen. Dann fährt er seinen Sohn in das nächstliegende Krankenhaus.

Aufgrund der Aussage des Vaters, sein Sohn sei von einem im Wasser lebenden Tier gebissen worden, legen ihm die Ärzte des Tübinger Tropeninstitutes einige Tierbilder vor. Es bestätigt ihre Vermutungen, dass es sich bei dem Angreifer um eine Schnappschildkröte gehandelt haben muss. Allerdings kommt diese Schildkrötenart normalerweise nur in Nord-, Mittel- und Südamerika vor. Es ist bekannt, dass ein Biss dieser Tiere schwere Verletzungen an Fingern und Zehen verursachen kann.

Jemand muss sie im See ausgesetzt haben. Ob aus Böswilligkeit oder einfach, um ein lästiges Tier loszuwerden, lässt sich zu diesem Zeitpunkt noch nicht sagen.

In den lokalen Zeitungen und Nachrichtensendungen wird davor gewarnt, in dem See zu schwimmen, ein generelles Badeverbot wird von den Behörden aber nicht erlassen. Daher locken die Meldungen über die Schnappschildkröte noch mehr Menschen als gewöhnlich an den See, und ein paar männliche Jugendliche finden es besonders cool, als Mutprobe nackt ans andere Ufer zu schwimmen.

Drei Tage später wird der junge Surfer, nachdem er auf die zahlreichen Anrufe seiner Freunde nicht reagierte und auch nicht die Tür öffnete, von der Polizei tot in seinem Bett gefunden. Der zuständige Arzt diagnostiziert Herzstillstand nach Atemlähmung. Er unterrichtet die Staatsanwaltschaft und da ihm der Ursprung der kleinen Bisswunde, die er am linken Fuß des Jungen entdeckt unbekannt ist, auch das Tropeninstitut in Tübingen. Nun hat man drei Todesfälle im Zusammenhang mit dem Baggersee.

Johannes ist zufrieden.

Nach eingehenden Untersuchungen der drei Toten durch Gerichtsmediziner und Ärzte des Tropeninstitutes besteht kein Zweifel: Alle drei sind an Atemlähmung gestorben, verursacht durch den Biss zweier verschiedener hochgiftiger Schlangen. Das erste Opfer, das kleine Mädchen, unterlag dem Biss einer Wasserkobra, die normalerweise in West- und Zentralafrika beheimatet ist. Das Mädchen reagierte allergisch auf das verabreichte Serum und erlitt einen anaphylaktischen Schock.

Die Bisswunden am Hals der Frau und am Fuß des Surfers stammen von der Schnabelköpfigen Seeschlange, die im Indischen und Pazifischen Ozean vorkommt, die aber auch im Süßwasser überleben kann.

Da das Gift sofort in die Blutbahn gelangte, starben beide Opfer ebenfalls an Atemlähmung.

Auf Empfehlung der Kripo Tübingen erlässt das Ordnungsamt nun doch ein Badeverbot. Und das ausgerechnet im Hochsommer!

Taucher durchsuchen den See nach den exotischen Reptilien. Von Seeschlangen weit und breit keine Spur, nur die Schnappschildkröte, die friedlich am Ufer der kleinen Insel sitzt, kann gefangen werden. Eine Bereicherung für die Stuttgarter Wilhelma. Das Ufer des Sees wird weiträumig abgesucht. Spuren, die der Täter beim Transport der Tiere hinterlassen haben könnte, werden nicht gefunden. Die erhofften Hinweise auf verdächtige Personen bleiben aus.

Kommissar Januschke, der die Ermittlung leitet, lässt durch einen Psychologen ein Täterprofil erstellen. Die Frage ist, welche Personen oder welcher Personenkreis könnte ein Interesse daran haben, harmlos badende Menschen wahllos zu töten. Denn eines ist klar: Der Täter hat die Tiere nicht ausgesetzt, um den Opfern einen Schrecken einzujagen. Das Gift der Reptilien ist absolut tödlich. Der oder die Täter wollten morden! Vielleicht steckt eine verrückte Sekte hinter der Tat, vielleicht auch nur ein einzelner Irrer, der von Neid und Hass getrieben wird oder seine Macht demonstrieren will. Aber warum tötet sie oder er gerade Badegäste?

Die Überprüfung aller der Polizei bekannten Reptilienhändler in Deutschland bringt nichts, zumal die Dunkelziffer illegaler Händler und Tierschmuggler sehr hoch ist.

Und was den See betrifft: Klar ist, dass die exotischen Tiere den Winter nicht überleben werden. Aber kann man so lange warten? Und was, wenn der Täter sein Betätigungsfeld auf andere Seen ausdehnt?

Vier Wochen später findet der Hausmeister des Stuttgarter Hesse Gymnasiums in einem Papierkorb eine Broschüre, auf deren Titelseite der Kopf der Medusa prangt. Instinktiv erinnert er sich an die Zeitungsmeldungen über die giftigen Seeschlangen. Der Flyer scheint von einer merkwürdigen Vereinigung herausgegeben zu werden, die ihre Mitglieder dazu aufruft, durch die Kraft der heiligen Schlangen gegen Schamlosigkeit, Vergnügungssucht, Narzismus und Körperkult anzukämpfen. Ihr Emblem ist das Medusenhaupt.

Der Hausmeister informiert die Polizei.

Januschke atmet auf. Endlich ein Anhaltspunkt. Der Verdacht, dass der Täter einer Sekte angehört, liegt nahe. Irgendwelche Medusianer sind allerdings selbst dem zu Rate gezogenen Sektenbeauftragten unbekannt.

Auch der Schuldirektor kann zur Aufklärung nichts beitragen. Und die langen Gespräche, die Kommissar Januschke mit Lehrern und Schülern führt, bringen ihn ebenfalls kein Stück weiter. Niemandem an der Schule ist das Papier zuvor aufgefallen.

August. Der Badesee ist weiterhin gesperrt. Pächter Dieterle ist wütend, da seine Einnahmen gänzlich ausfallen. Und das alles wegen irgend einem Verrückten.

September. 22 Uhr, Sonntag. Ein etwa zwanzig Jahre alter Mann, dunkle kurze Haare, Seitenscheitel, pubertäres Pickelgesicht, betritt die Notaufnahme des Stuttgarter Bürgerhospitals. Seine Hand blutet stark. Nachdem eine Krankenschwester seine Personalien aufgenommen hat, schildert er dem diensthabenden Arzt ruhig, dass er beim Säubern seines Terrariums aus Unachtsamkeit von einem kleinen Alligator gebissen wurde. Die Wunde wird genäht und nach einer halben Stunde verlässt er das Krankenhaus.

Zufällig prägt sich der Schwester ein Tatoo auf dem Nacken des jungen Mannes ein. Es zeigt den Kopf der Medusa, geschmückt mit vielen züngelnden Schlangen. Irgendwo hatte sie so etwas schon einmal gesehen. Aber wo? Die Frage lässt der Frau keine Ruhe mehr. Nachdem ihr Nachtdienst beendet ist, geht sie sofort nach Hause, durchsucht die Zeitungen der vergangenen sechs Wochen, die sie schon gebündelt in ihrem Keller verstaut hatte. Und tatsächlich, sie findet einen drei Wochen alten Artikel, in dem über ausgesetzte Reptilien berichtet wird, und ein Foto auf dem der Flyer mit dem Medusenkopf abgebildet ist.

Wenige Stunden später sitzt sie im Morddezernat dem Kommissar Januschke gegenüber. Der überprüft sofort die Angaben der Schwester über den jungen Mann. Die im Krankenhaus aufgenommenen Personalien sind echt. Fünf Minuten später hält er die Adresse des Jungen in den Händen.

Montag Nachmittag. Januschke klingelt an dem biederen Haus in Stuttgart-Sillenbuch. Aus dem künstlichen Biotop in einer Ecke des verwilderten Gartens tönt lautes Gequake. Die Tür wird geöffnet von einer Frau um die vierzig. Sie ist ungeschminkt, trägt einen knielangen Karorock, ihre dunklen Haare sind streng nach hinten gebunden. Wie sich herausstellt, ist sie die Mutter des Jungen und arbeitet als Lehrerin in einer Behindertenwerkstatt. Nachdem sie Kommissar Januschkes Dienstausweis genau studiert hat, lässt sie ihn wiederwillig eintreten.

»Um was geht es? Hat einer meiner Schüler etwas angestellt?« Sie fixiert ihn argwöhnisch.

»Ist ihr Sohn Johannes zu Hause?«

»Was wollen Sie von meinem Sohn?«

»Nun, ich würde ihm gerne einige Fragen stellen! Ist er da?«

Ihre Gesichtzüge verkrampfen sich. »Nein, tut mir leid, er ist mit meinem Mann unterwegs.«

»Trägt ihr Sohn ein Tatoo im Nacken?« Bei einer so sehr konservativen Mutter kann sich Januschke gut vorstellen, dass sich der Sohn schon aus reiner Opposition heraus den ganzen Körper tätowieren ließ.

»Warum fragen Sie danach?« Die Frage ist ihr äußerst unangenehm. Gedankenlos greift sie an ihren Nacken.

»Sie wissen, dass er gestern in der Notaufnahme des Bürgerhospitals war – wegen eines Alligatorbisses?«

»Ja, dass hat er uns erzählt. Es ist beim Reinigen seines Terrariums passiert, mein Mann und ich waren nicht zu Hause.« Sie streicht ihren Rock glatt und geht zum Fenster um es zu öffnen.

»Besitzen Sie noch weitere Reptilien?«

»Sie gehören Johannes. Das ist sein Hobby. Warum fragen Sie danach? Ist es neuerdings verboten? Er hat die Tiere ganz legal erworben, wenn Sie darauf hinaus wollen.« Sie schließt das Fenster wieder und zieht die Gardine ordentlich davor.

»Dürfte ich vielleicht einen Blick darauf werfen?« Daß er mit seinen Fragen nicht weiter kommen wird, ist Januschke jetzt schon klar.

»Mein Sohn verschließt sein Zimmer immer, bevor er aus dem Haus geht. Falls doch eines der Tiere mal ausbüchst. Er ist ein sehr gewissenhafter Junge.« Sie schaut Januschke gerade ins Gesicht.

Er zeigt ihr die Zeitung mit dem Medusenkopf.

»Sieht die Tätowierung ihres Sohnes so aus?« Sie nickt stumm.

»Er liebt Schlangen, das ist alles.« Sie wird ungeduldig. »Ich habe leider nicht viel Zeit. Entweder sagen Sie mir endlich weshalb Sie hier sind, oder ich muss Sie bitten zu gehen.« Ihre Stimme klingt gereizt. Sie deutet mit dem Kopf zur Tür.

»Gehört ihr Sohn einer Sekte an?«

»Wie kommen Sie denn darauf? Natürlich nicht!«

Januschke schaut sich während des Gesprächs vorsichtig im Wohnzimmer um. In den Bücherregalen entdeckt er einige Reptilien-, Amphibien-, Gift-, Chemie- und Reisebücher.

»Warum wissen Sie das so genau?«

»Also hören Sie mal, unser Sohn erzählt uns alles.

Wir sind eine intakte Familie, in der einer über den anderen Bescheid weiß.« Sie macht einen Schritt zur Tür hin. »Ich muss Sie jetzt aber bitten, zu gehen. Ich habe gleich noch einen Termin.«

»Entschuldigen Sie, selbstverständlich. Ihr Sohn soll sich bitte bei mir melden. Hier ist meine Karte.« Er legt sie auf eine glänzend polierte Anrichte.

»Da Sie mir anscheinend nicht sagen wollen, worum es eigentlich geht, können Sie ihre Karte genauso gut wieder einstecken.« Sie hält ihm die Haustür auf.

Januschke wendet sich abschließend noch einmal um. »Übrigens, für den Fall, daß er sich nicht bei uns meldet, holen wir ihn direkt hier ab. Ich hoffe, dass ich mich klar genug ausgedrückt habe. Auf Wiedersehen.«

Am nächsten Tag meldet sich Johannes telefonisch auf dem Kommissariat worauf ihn Januschke dringend bittet, ins Präsidium zu kommen. Überraschenderweise will der Junge am Telefon gar nicht wissen, worum es geht. Nur zwei Stunden später sitzt er bereits in Januschkes Dienstzimmer.

Bis jetzt kann ihm nichts angelastet werden. Allerdings machen ihn zwei Dinge verdächtig: Sein Tatoo, dass identisch mit dem Cover des Flyers ist, und seine Vorliebe für Reptilien.

»Sie wollen mich sprechen?«

»Das ist richtig. Schön, dass du gleich gekommen bist. Bitte, setzt dich.« Er bietet dem Jungen Kaffee an.

»Von deiner Vorliebe für Schlangen habe ich schon von deiner Mutter gehört. Da hast du dir aber ein teures Hobby ausgesucht. Woher nimmst du das Geld dafür?« Der Junge sitzt ruhig mit gefalteten Händen vor ihm.

»Wenn das alles ist, was Sie wissen wollen – das hätte ich Ihnen auch am Telefon sagen können. Ich habe von meiner Großmutter etwas Geld geerbt. Daher.«

Januschke fallen die ausdrucklosen Augen des Jungen auf. »Ah ja, und woher bekommst du deine Tiere? Deine Mutter erzählte von einigen sehr seltenen Exemplaren,« flunkert Januschke. Der ausdruckslose Blick des Jungen verändert sich kein bisschen.

»Ach, hat sie das? Eigentlich hat sie gar keine Ahnung davon. Ich bekomme sie über das Internet, alles kein Problem. Sonst noch Fragen?« Er hält dem Blick Januschkes stand.

»Du hast ein ungewöhnliches Tatoo, habe ich gehört. Was bedeutet es?«

»Interessiert Sie das wirklich?«

»Ja sicher, ich habe genau dasselbe neulich auf einem Flyer gesehen. Weißt du, was das für ein Flyer war?«

Johannes schweigt.

»Bist du Mitglied in einer Sekte?«

»Wollen Sie jetzt wissen, was das Tatoo bedeutet oder nicht?«

»Ja, erzähl mir was darüber.«

Der Junge wirkt dermaßen sicher, dass es fast schon unheimlich ist.

»Es bedeutet, dass die Schlangen über Gut und Böse entscheiden. Sie sind heilige Tiere und sie treffen die Auswahl.«

Januschke weiß augenblicklich, daß er seinen Täter gefunden hat!

»Was für eine Auswahl meinst du?«

»Sie trennen die Schamlosen, Narzistischen, Verlogenen und Beschmutzten von den Reinen.«

Der Junge wirkt auf ihn wie eine sprechende Puppe. Keine Gesten, tote Augen.

»Und du hast sie in den See gesetzt?«

»Das Wasser ist auch heilig, wie die Schlangen. Das bewegliche, fließende Wasser und die Schlangen sind eins, sie bilden eine Einheit. Und Wasser ist neutral, es erleichtert den Schlangen die Entscheidung.«

Januschke kann in dem, was der Junge da so ruhig und bestimmt vorträgt, keinen Sinn erkennen.

»Aber warum? Warum hast du wahllos unschuldige Menschen getötet?«

»Nicht ich, sondern die Schlangen. Diese Menschen waren nicht unschuldig. Sie wurden gerichtet.«

»Gerichtet? Weswegen?«

»Das sagte ich Ihnen bereits. Sie hören nicht zu.«

Dieser starre Blick! Er macht Januschke ganz und gar nervös, er muss sich zusammennehmen, muss sich bemühen, ruhig zu bleiben.

»Gut, dann erkläre es mir bitte noch einmal.«

Johannes zuckt fast unmerklich mit dem Kopf. »Wir sind es! Wir bringen die Erlösung.«

»Wer ist wir?«

»Die Medusianer.«

»Du gehörst also dieser Sekte an. Wissen deine Eltern davon?«

Der Junge lächelt. »Wir sind alle Wissende.«

»Deine Eltern auch?«

»Wir sind alle eins. Wir sind die Medusianer. Die Macht über Gut und Böse zu entscheiden, liegt im Wissen unserer Schlangen.«

Der Junge leugnet nicht, die Tiere mit Hilfe seines Vaters in den See gesetzt zu haben. Beide werden verhaftet und in eine psychatrische Klinik eingewiesen. Der Mutter kann kein Vergehen nachgewiesen werden.

Sonntag, 7. Dezember. Die Sonne versucht durch die Wolken zu schielen, und ein Nebelschleier liegt über dem Baggersee. Pächter Dieterle dreht mit seinem Dackel Wilhelm die obligatorische Runde um den See. Der Schrecken des Sommers ist fast vergessen, und er ärgert sich wie jedes Jahr über den Müll der hier abgeladen wird, kaum dass die Saison beendet ist. Alte Autoreifen, Kühlschränke und sogar ein altes Klosett. Spätestens im Frühling muss er das ganze Gerümpel dann wegschaffen lassen. Was das wieder kostet! Der Albtraumsommer hat ein dickes Loch in seiner Kasse hinterlassen.

»Wilhelm komm sofort her!« Der Dackel läuft munter voraus und ist im Nebel fast verschwunden.

»Wo bist du denn, komm bei Fuß.« Wilhelm hechelt herbei, lässt sich kurz streicheln und läuft ans Ufer.

»Nein Willi, du gehst da nicht rein.«

Mit einem Satz springt der Dackel ins Wasser und paddelt munter auf den See hinaus.

»Du böser Hund, sofort raus aus dem Wasser.« Schimpfend steht er am Ufer und hält nach Willi Ausschau, der anscheinend keine Lust hat, wieder an Land zu kommen. Herr Dieterle traut seinen Augen nicht, als er etwas langes, graugrünes – ähnlich einem moosbewachsenem Ast – auf seinen Wilhelm zuschwimmen sieht. Das Wasser kräuselt sich, Willi jault angstvoll auf, und ist verschwunden. Vor Schreck rutscht Dieterle mit einem Bein ins Wasser.

»Das gibt's doch nicht.« Er reibt sich die Augen. Die Wasseroberfläche ist wieder völlig glatt, verschwunden der Ast. Von Willi weit und breit keine Spur. Verzweifelt ruft er nach seinem Hund, aber er weiß bereits jetzt, dass es sinnlos ist.

Erschüttert geht er den Waldweg entlang, zu seinem einsam gelegenen Häuschen. Mit zitternden Händen öffnet er die Tür und schenkt sich in der Küche ein großes Glas Schnaps ein.

Zwei Tage hadert er mit sich. Dann ist er ganz und gar sicher, kein Gespenst gesehen zu haben und steigt in seinen alten Käfer. Als er den Vorfall bei der Tübinger Polizei meldet, wird er von dem jungen Beamten, der das Protokoll aufnimmt, genau wie er das befürchtet hat, nicht ernst genommen.

»Und Sie sind sicher, dass Sie nicht ein paar Viertele zu viel haben und sich alles nur einbilden?« Der Beamte spielt gelangweilt mit einem Kuli.

»Jetzt hören Sie aber mal, junger Mann! Ich sage Ihnen, da war etwas im Wasser, das meinen Wilhelm runtergezogen hat. Ich kenne doch den See. Da gibt's keine Strudel oder so ein Zeugs. Ich bin jetzt seit fünf Jahren der Pächter, und ich sage Ihnen, da ist wieder was drin in dem See.«

Bruno, ein älterer Kollege, der sich mit dem neuen, im November aus Bayern zugewanderten Kollegen das Zimmer teilt, hat mit halbem Ohr zugehört. Er steht auf und wühlt in einer Schublade.

»Hier.« Er wirft seinem Kollegen eine Akte auf den Tisch.

»Das kannst du nicht wissen. Es gab hier am See im Sommer einige mysteriöse Badeunfälle.« Er schlägt die Akte auf. Ganz oben liegt ein Foto von Johannes.

»Hier. Das ist der Täter. Er ist gefasst und in die Psychatrie eingewiesen worden. Das war's: Der Fall ist längst gelöst!« Damit wendet er sich an den Hundebesitzer.

»Und die Giftschlangen von damals, die sind doch bei der Kälte längst eingegangen, guter Mann.«

»Wenn in dem See aber noch etwas anderes lebt? Etwas, das dennoch überlebt hat?« Von düsteren Ahnungen gepeinigt, starrt der Pächter des Baggersees dumpf auf die Tischplatte. »Wer weiß, was sich dort unten entwickelt hat ...« Nein, den nächsten Sommer will er nicht mehr an diesem Gewässer verbringen. Diesen nicht und den nächsten auch nicht: nie mehr! Er spürt die Gänsehaut, wie sie klamm und gnadenlos von ihm Besitz ergriffen hat.

Verführung

Claudia rennt die engen Serpentinen zur Bucht von Deja hinunter. Jetzt, Anfang Mai, ist es den meisten Touristen für ein Bad im Meer noch zu kühl.

Auf dem kleinen Parkplatz am Ende der Straße haben die Fischer ihre reparaturbedürftigen Boote gestapelt, wodurch die beiden Tavernen rechts und links der Bucht, die auf einen neuen Anstrich warten, noch schäbiger wirken als sonst.

Zaghaft kriechen die ersten Sonnenstrahlen über den Berg, als Claudia atemlos ihren Blick über die einsame Bucht schweifen lässt. Jetzt spürt sie wieder, wie sehr sie den Anblick der endlosen Weite des Meeres vermisst hat. Ihre Augen füllen sich mit Tränen.

Sie entfernt einige kleine Kieselsteine vom dunklen Sand und macht es sich auf ihrem Badetuch bequem. Sie beschließt, heute auf jeden Fall tausend Züge zu schwimmen! Sie zündet sich eine Zigarette an und beobachtet einige Minuten lang das sanfte Spiel der Wellen. Unruhig tauscht sie ihre Jeans gegen den roten Badeanzug.

Flott, ohne zu zögern, wirft sie sich in das zu dieser Jahreszeit um die 18 Grad warme oder kalte Wasser, wie man's nimmt.

Nachdem sie sich ungefähr dreißig Schwimmzüge vom Ufer entfernt hat, streift sie wie immer ihren Badeanzug ab, um ihn wie ein Stirnband um den Kopf zu binden. Das Wasser streichelt angenehm kühl ihren Körper und setzt das Gefühl puren Glücks frei. Gibt es etwas Schöneres auf der Welt, als allein, nackt und schwerelos im Meer zu schweben und sich von den Zehen bis zu den Fingerspitzen zu strecken und zu recken? Das ist grenzenlose Freiheit!

Sie lächelt.

Von ferne klingt das Geräusch eines Außenbordmotors über das Meer.

Mit ruhigen, gleichmäßigen Zügen schwimmt sie in die Bucht hinaus.

Sie sieht ihren Vater. Von ihm hat sie ihre große Liebe zum Wasser übernommen. Er, der ihr im Alter von vier Jahren das Schwimmen beigebracht hat. Damals in einem kleinen Hotelpool in Rimini, mit Hilfe eines selbstgebastelten Korkgürtels. Die Korken stammten von Weinflaschen, und er hatte sie extra zu diesem Zweck gesammelt.

Jeden Tag entfernte er ein paar Korken mehr so daß nach zwei Wochen nur noch die bloße Schnur übrig blieb – und jetzt konnte sie tatsächlich mehrere

Schwimmzüge selbständig ausführen. Die leere Schnur trug sie aber noch eine lange Zeit weiter um den Bauch, denn sie glaubte, ohne die Strippe würde sie unweigerlich untergehen. Danach nahm er sie in jeden Fluss oder moorastigen Tümpel mit, an dem sie auf ihren Reisen vorbei kamen, während ihre Mutter ängstlich vom Ufer aus zu sah. Dafür hat sie ihrem Vater nie richtig gedankt. Jetzt ist es zu spät.

Sie wischt sich eine Träne aus dem Auge.

Hundertzehn Züge, hundertelf, hundertzwölf. Der kleine Kieselstrand liegt weit hinter ihr, vor ihr dehnt sich die endlose Weite des Meeres. Sie dreht sich auf den Rücken, breitet die Arme aus und genießt mit geschlossenen Augen die Schwerelosigkeit.

»Vielleicht sollte ich mich bei ›Wetten dass‹ bewerben. Wer kann schon stundenlang bewegungslos auf dem Wasser liegen, ohne unterzugehen, wie ich?«

Plötzlich schießt ihr ein Gedanke durch den Kopf:

»Für einen Hai wäre ich bestimmt ein Leckerbissen. Von unten betrachtet sehe ich sicher aus wie eine Robbe.«

Der Gedanke kommt ihr in die Quere. Sie versucht, ihn zu vertreiben, aber es gelingt ihr nicht. Ihre Sorglosigkeit ist wie weggeblasen, ihr inneres Gleichgewicht plötzlich dahin.

Dann vergisst sie die Haie und entspannt sich wieder. Alles loslassen, wie herrlich.

Für einen kurzen Augenblick erwacht sie, denkt über einen Artikel nach, den sie kürzlich gelesen hat: Haie werden von Urin angelockt.

Alle Arten von Haigeschichten verfluchend, dreht sie sich auf den Bauch, um weiter zu dösen und zu schwimmen.

Wieder zählt sie ihre Schwimmzüge. Hundertzweiundzwanzig, hundertdreiundzwanzig, hundertvierundzwanzig. Auf den Wellen glitzert das morgendliche Sonnenlicht.

Plötzlich ist sie wieder da, diese Verdrossenheit darüber, dass sie nicht den Mut aufbringt, endlich in eine Stadt zu ziehen, wo es mehr Wasser gibt als in Stuttgart. Hamburg, Konstanz oder Amsterdam wären ideal und würden sicher diese ständige Sehnsucht stillen, sich im oder am Wasser aufzuhalten. Stattdessen harrt sie träge in Stuttgart aus, wo es außer dem Max-Eyth-See, einem mickrigen, künstlichen und von Hochhäusern umstellten Teich, und einigen Wasserreservoirs praktisch nichts gibt.

Selbst den Neckar hatte man an die Stadtgrenze verbannt.

»Seit Jahren rede ich mir ein, dass mein Job mich daran hindert, meinem Traum ein Stück näher zu kommen. Dass ich an Stuttgart gefesselt bin.«

Vor Ärger knirscht sie mit den Zähnen.

Ihr ist klar, dass der wahre Grund die Liebe zu ihren Eltern darstellt, und die leben nun mal in Stuttgart. Liebe macht unfrei! So ist das leider.

Sie seufzt und das Salz ihrer Tränen vermischt sich mit dem Wasser des Meeres.

Ganz nah vor ihr treibt auf der Wasseroberfläche etwas Helles, Schimmerndes, etwa so groß wie ein Fußball. Vorsichtig umschwimmt sie es in einem weiten Bogen und ermahnt sich, besser aufzupassen.

»Wenn die Quallenfäden mit den Augen in Berührung kommen, kann man blind werden. Vielleicht klebt einem dabei auch der ganze Quallenkörper im Gesicht fest? Und wer weiß, was hier noch so alles rumschwimmt. Ekliger Gedanke!«

Sie atmet tief durch.

»Hundertundachtzig, hundertzweiundachtzig, oder bin ich schon bei zweihundert?« Die Qualle hat ihren Rhythmus durcheinander gebracht.

Vor der Bucht geht eine weiße Jacht vor Anker.

Claudia konzentriert sich wieder auf ihre Schwimmbewegungen und genießt die Weite des Horizonts. Eine weitere Qualle entpuppt sich als Plastiktüte die vom Wind aufgeplustert an ihr vorbei treibt.

Das Wasser ist kristallklar und lässt sie an Meerjungfrauen, Delphine und Riesenperlen denken. Und an einen häufig wiederkehrenden Traum: Sie steht früh am Morgen vor ihrem Waschbecken und entdeckt, dass zwischen ihren Zehen über Nacht Schwimmhäute gewachsen sind. Grüne Häutchen, durchzogen von feinen violetten Äderchen.

»Das gäbe ein schönes Gemälde: Claudia, die Meerjungfrau, auf der Freitreppe des Stuttgarter Opernhauses sitzend, sehnsuchtsvoll zum Parkteich hinüber schmachtend.«

Vierhundertachtundneunzig, vierhundertneunundneunzig, fünfhundert.

Sie atmet tief. Die Hälfte der Strecke ist geschafft. Noch einige Züge, dann würde sie aus der Bucht auf das offene Meer hinausschwimmen.

Die Verlockung ist zu groß. Ohne eine Entscheidung getroffen zu haben, schwimmt sie weiter. Nach weiteren hundert Zügen schmerzt plötzlich ihr Nacken.

Sie dreht sich um.

Auf dem Rücken liegend betrachtet sie ihre aus dem Wasser ragenden Zehenspitzen und bedauert, dass ihnen immer noch keine Schwimmhäute gewachsen sind.

»Falls aus unerklärlichen Gründen die Tragkraft des Wassers plötzlich verschwindet, sinke ich wie ein Stein auf den Meeresgrund. Kein Mensch würde mich hier auf der Insel vermissen. Nach Tagen würde ich vielleicht an Land gespült oder ein freundlicher Delphin rettet mir das Leben.«

Obwohl das auch schiefgehen kann. Die Bilder einer Fernsehreportage, in der es um einen Delphin ging, der während seines fröhlichen Spiels eine Frau immer tiefer unter Wasser stupste, bis sie schlussendlich unterging, tauchen in ihrem Kopf auf. Auch keine schöne Vorstellung, einfach so, aus Spaß, zu ertrinken.

Je weiter Claudia hinausschwimmt, desto euphorischer wird sie. Haie und Quallen sind vergessen.

Die Weite des mit kleinen Schaumkronen verzierten Meeres verlockt zum Weiterschwimmen.

Siebenhundert. Sie überlegt, ob sie umkehren soll.

Die Wassertemperatur außerhalb der Bucht ist um einige Grade niedriger.

Claudia fröstelt.

Ihren persönlichen Rekord hat sie längst gebrochen. Der lag bei fünfhundert.

Unerwartet drängt sich ihr die Vorstellung auf, sich in der Weite des Meeres zu verlieren! Unterkühlt, orientierungslos, unfähig, das rettende Ufer zu finden Der Gedanke lässt sie zwar erschauern, aber der Kick, bis an die physische Grenze zu gehen, ist groß.

Die dunklen Pflanzengebilde, die sie mehrmals überschwimmt, sind ihr plötzlich unheimlich. Sie wirken wie die bedrohlichen Schatten großer Fische.

Nach dem neunhundertsten Schwimmzug entschließt sie sich doch umzukehren. Ihre Arme werden müde, langsamer ihre Bewegungen. Das euphorische Gefühl lässt nach.

Vor Schreck bleibt ihr fast das Herz stehen!

Eines der Pflanzengebilde bewegt sich!

Neben ihr steigen in einem Schwall Luftblasen auf.

»Nur nicht hysterisch werden, nicht zappeln, keine Flucht wagen, keine hektischen Bewegungen – wenn man keine Haie anziehen will.«

Sie versucht sich auf ihren Atem zu konzentrieren, hält die Beine so weit wie möglich an der Wasseroberfläche. Wartet darauf, angegriffen zu werden.

Ihr Herz rast.

Sie hält den Atem an, schluckt Wasser. Nimmt all ihren Mut zusammen und schaut nach unten in das tiefe Blau.

Der ›Hai‹ trägt Schwimmflossen und entfernt sich langsam.

Ihre Schulter schmerzt, ihr ist kalt, und ein plötzliches Gefühl der Schutzlosigkeit überrollt sie wie eine große dunkle Welle. Der Wind treibt die lauten Stimmen der Schiffsbesatzung zu ihr hinüber.

Mädchenhändler! Und sie nackt und alleine. Niemand weit und breit, der ihr helfen würde. Für marokkanische Mädchenhändler wäre sie eine gute Beute. Blond und vollbusig. Eilig greift sie nach ihrem Badeanzug, um ihn sich überzustreifen.

Zügig entfernt sie sich weiter von der Jacht.

Zurück zur Bucht sind es über tausend Schwimmzüge! Das schafft sie niemals!

Ein Felseinschnitt, der von weitem wie eine kleine Bucht aussieht, wäre erheblich näher. Schätzungsweise fünfhundert Schwimmzüge. Um gegen die Kälte anzukämpfen, legt sie die Strecke kraulend zurück. Die geisterhafte Begegnung mit dem Taucher lässt sie nicht los. Mit letzter Kraft rettet sie sich in die Bucht, die düster und bedrohlich wirkt. Schroffe hohe Felsen rauben ihr das Licht.

Atemlos sucht sie auf den glitschigen Steinen Halt und kriecht auf allen Vieren an Land.

Die Jacht kreuzt vor der Bucht.

Zitternd vor Angst sitzt sie am Ufer. Aus einem der Felsen lösen sich einige Steine. Sie zuckt zusammen und fühlt sich beobachtet. Mit weichen Knien steht sie auf. Verängstigt schaut sie sich um. Sie muss hier weg! Raus aus dieser engen Bucht, die einem Gefängnis gleicht. Zögernd geht sie zurück ins Wasser. Setzt vorsichtig einen Fuß vor den anderen. Das Wasser reicht ihr bis zu den Knien. Abrupt bleibt sie stehen. Das Herz schlägt ihr bis zum Hals. Entsetzt starrt sie auf das Wasser. Sie hat eine grauenvolle Angst davor, loszuschwimmen und geht zitternd zurück ans Ufer. Es muss doch noch einen anderen Weg geben, die Bucht zu verlassen! Aufgewühlt sucht sie einen Pfad, der aus der Bucht hinausführt. Die scharfkantigen Steine hinterlassen tiefe, blutende Einschnitte auf ihren Füssen. Wie ein gefangenes Tier sucht sie vergeblich die steilen Felsen ab. Aber die Bucht ist nur vom Wasser aus erreichbar!

Mutlos hockt sie auf einem Felsen, die Arme eng um ihre Knie geschlungen. Wiegt sich, summt leise eine Melodie und beobachtet die Jacht, die hinaus auf das offene Meer segelt, immer kleiner wird und schließlich hinter dem Horizont verschwindet.

KRIMI IM GMEINER-VERLAG

Peter Wark
Versandet

260 Seiten. 11 x 18 cm. Paperback.
ISBN 3-926633-57-3. € 9,90.

Beim Bau einer Sandburg macht Aussteiger Martin Ebel, der seine Stuttgarter Heimat mit der idyllischen Kanareninsel La Palma tauschte, eine grausame Entdeckung: Ein leichenstarrer Arm streckt sich ihm aus dem Ufersand entgegen.
Dass es sich bei der Leiche um einen ehemaligen Bekannten aus dem Schwabenland handelt, ist nicht gerade von Vorteil für ihn. Die spanische Polizei scheint sich immer hartnäckiger darauf zu versteifen, dass der ehemalige Rechtsanwalt und jetzige Aussteiger der ideale Täter ist. Und auch die Inselmafia zeigt plötzlich Interesse am bis dahin harmlosen Individualisten.

Peter Wark
Machenschaften

277 Seiten. 11 x 18 cm. Paperback.
ISBN 3-926633-54-9. € 9,90.

»Stadtrat und Unternehmer fällt Mord zum Opfer« lautet die Überschrift, die die Ruhe des in die schwäbische Provinz abgetauchten und Bike-begeisterten Journalisten Jörg Malthaner mit einem Schlag beendet. Tief verwickelt scheint der Kompagnon des toten Software-Unternehmers – und gleichzeitig enger Freund Malthaners –, der seit der Tat spurlos verschwunden ist.
Doch je näher er der Lösung kommt, desto gefährlicher werden plötzlich seine über alles geliebten Bike-Touren über die Schwäbische Alb.

natürlich aus dem
Gmeiner-Verlag

Ehnried-Hof
88605 Meßkirch
Telefon 07575/927790
Telefax 07575/927791
www.gmeiner-verlag.de
info@gmeiner-verlag.de

Peter Wark
Albtraum

285 Seiten. 11 x 18 cm. Paperback.
ISBN 3-926633-45-X. € 9,90.

Ein unbekannter Toter am Stuttgarter Flughafen – Mord. Warum wird gerade der Stuttgarter Journalist Jörg Malthaner von der Polizei an den Tatort gerufen? Der Tote entpuppt sich als Malthaners früherer Schulfreund. Bei eigenen Recherchen in seiner Heimat auf der Schwäbischen Alb, findet er heraus, dass der ehemalige Musterschüler in üble Geschichten verstrickt war und womöglich Geld in Millionenhöhe unterschlagen hat.
Noch ehe es ihm richtig klar wird, gerät Malthaner selbst in die Fänge einer kriminellen Bande.

KRIMI IM GMEINER-VERLAG

Candida C. Stapf
Wasserfälle

227 Seiten. 11 x 18 cm. Paperback.
ISBN 3-926633-57-3. € 9,90.

Diese ganze beschaulich kitschige Urlaubsidylle von Strand und Wasser wird in diesen ganz und gar ungewöhnlichen und gruseligen Geschichten, die am und im Wasser spielen, zunichte gemacht.
Mal ist es der langjährige Freund der Familie, der sich auf ein tödliches Techtelmechtel einlässt, mal die beste Freundin, die sich urplötzlich als intrigante Konkurrentin entpuppt! Doch die Erkenntnis reift jedes Mal genauso überraschend wie viel zu spät für die Opfer: Die Falle ist längst zugeschnappt, und es gibt kein Entrinnen mehr.
Vollkommen harmlos scheinende Tatbestände entwickeln sich – ganz leise und unauffällig –, um danach umso heftiger mit einem gewaltigen Ausbruch an Emotionen zu explodieren.

Gunter Haug
Höllenfahrt

233 Seiten. 11 x 18 cm. Paperback.
ISBN 3-926633-49-2. € 9,90.

Kommissar Horst »Hotte« Meyer glaubt im falschen Film zu sein. Ausgerechnet bei der Zugfahrt im Regional-Express von Stuttgart nach Tuttlingen widerfährt ihm Merkwürdiges: Er befindet sich in (fast) derselben bedrückenden Situation wie vor knapp zehn Jahren eine junge Frau, die zum rätselhaften Opfer einer Bluttat geworden ist. Und was dem unermüdlichen Ermittler damals viele schlaflose Nächte bescherte, ist plötzlich wieder da. Erinnerungen, die sich vor dem Kommissar auftürmen, der inzwischen selbst regelrecht in der Klemme sitzt.

Gunter Haug
Todesstoß

278 Seiten. 11 x 18 cm. Paperback.
ISBN 3-926633-46-8. € 9,90.

Mord beim größten Ritterturnier der Welt! Auf Schloss Kaltenberg zwischen Augsburg und Landsberg ist vor den Augen von zehntausend entsetzten Zuschauern ein heimtückischer Mord geschehen. Und mittendrin im Geschehen: Horst »Hotte« Meyer, der Kommissar aus Heilbronn. Die Spur eigener Recherchen führt ihn in die württembergische Weinszene ins Unterland, wo er üble Machenschaften aufdeckt. Doch der Fall scheint im Sande zu verlaufen, bis er fast ein Jahr später bei einem mittelalterlichen Treiben in Heilbronn auf merkwürdige Bekannte trifft.

Gunter Haug
Tiefenrausch

221 Seiten. 11 x 18 cm. Paperback.
ISBN 3-926633-41-7. € 9,90.

Horst »Hotte« Meyer, Kriminalkommissar im Urlaub in Ägypten, glaubt seinen Augen nicht zu trauen: 65 Meter zeigt der Tauchcomputer der verunglückten Taucherin an, die mit allen Anzeichen der Dekokrankheit im letzten Augenblick gerettet wurde. Doch wo ist ihr Tauchpartner? War es ein Unfall, war es Leichtsinn oder Mord?

Gunter Haug
Spannung pur im Dreierpack

»Tiefenrausch«, »Riffhaie« und »Sturmwarnung« im Schuber.
ISBN 3-926633-44-1. € 24,–.

Holen sie sich mit diesem besonderen Angebot die gebündelte Spannung ins Haus! Im attraktiv gestalteten Schuber stehen die drei Schwabenkrimis »Tiefenrausch«, »Riffhaie« und »Sturmwarnung« von Gunter Haug immer am rechten Platz.

natürlich aus dem
Gmeiner-Verlag

Ehnried-Hof
88605 Meßkirch
Telefon 07575/927790
Telefax 07575/927791
www.gmeiner-verlag.de
info@gmeiner-verlag.de